纸上游天下·中国当代游记精选

主编:高长梅 张 佶

JING CAI YU ZHU ZU JIAN CHENG XIAN

精彩, 于驻足间呈现

曹淑风 著

九州出版社
JIUZHOUPRESS ｜全国百佳图书出版单位

图书在版编目（CIP）数据

精彩，于驻足间呈现 / 曹淑风著. -- 北京：九州出版社，
2013.9（2021.7 重印）

（纸上游天下：中国当代游记精选 / 高长梅，张佶主编）

ISBN 978-7-5108-2358-9

Ⅰ.①精… Ⅱ.①曹… Ⅲ.①游记 – 作品集 – 中国 – 当
代 Ⅳ.①I267.4

中国版本图书馆CIP数据核字（2013）第227698号

精彩，于驻足间呈现

作　　者	曹淑风　著	
出版发行	九州出版社	
地　　址	北京市西城区阜外大街甲35 号（100037）	
发行电话	（010）68992190/3/5/6	
网　　址	www.jiuzhoupress.com	
电子信箱	jiuzhou@jiuzhoupress.com	
印　　刷	北京一鑫印务有限责任公司	
开　　本	710 毫米 × 1000 毫米　16 开	
印　　张	8.5	
字　　数	115 千字	
版　　次	2014 年 1 月第 1 版	
印　　次	2021 年 7 月第 6 次印刷	
书　　号	ISBN 978-7-5108-2358-9	
定　　价	36.00 元	

前言

　　仁者乐山,智者乐水。所以古今中外,无论贤人圣哲,还是白丁草民,他们在观山赏水的时候,无不从山水之中或感悟人世人生,或慨叹世事世情,或评点宇宙洪荒,于寄情山水中,抒发自己的惬意或伤感。有的徜徉于山水美景,陶醉痴迷,完全融入大自然忘记了自己;有的驻足于山川佳胜,由物及人,感叹人世间的美好或艰难。

　　一篇好的游记,不仅仅是作者对他所观的大自然的描述,那一座山,那一条河,那一棵树,那一轮月,那一潭水,那静如处子的昆虫或疾飞的小鸟,那闪电,那雷鸣,那狂风,那细雨等,无不打上作者情感或人生的烙印。或以物喜,或以物悲,见物思人,由景及人,他们都向我们传递了他们自己的思想情感。

　　一篇好的游记,它就是一帧精巧别致的山水小品,就是一幅流光溢彩的山水国画,就是一部气势恢宏的山水电影。作者笔下关于山水的一道道光,一块块色,一种种造型,一种种声音,无论美轮美奂,还是质朴稚拙,无论清新美妙,还是苍凉雄健,都让我们与作品产生强烈的共鸣,让我们在阅读中与自然亲密接触,于倾听自然中激起我们的思想波涛,与作者笔下的自然也融为一体。

这是一套重点为中小学生编选的游记,似乎也是我国第一套为中小学生编选的较大规模的游记丛书。我们希望这套游记能弥补中小学生较少有时间和机会亲近大自然的缺憾,通过阅读这套游记,满足自己畅游中国和世界人文或自然美景的愿望。

目录
CONTENTS

谁的影子在水中央

第二辑 赶潮的鱼

目录

奔跑的油菜花

第四辑 烟雨迷蒙处

目录 CONTENTS

第一辑 〉〉〉

谁的影子在水中央

庐山客

若有时间,也有兴趣,完全可以坐下来,像张衡数天上的星星一样,数一数水底的石头有多少颗。

是啊,庐山九叠谷的水就是这么清!一路上,谁也没法忽略这些水,就算不拿眼睛看,它们也会时刻用声音侵入耳朵,以证明自己的存在。或低吟浅唱或高歌猛进,不止不歇绵绵不绝,一心一意流向低处去,什么坎坷也不能挡住它们。抵达最低处,是它们的终极目标与归宿。

水流经的地方都是石头,大的超过一间屋子,小的比不过鸡蛋,都非常干净,不沾一点泥土。石头们相互叠加,相互咬合,大都被水磨得没了棱角,即便有棱角也已经不再锋芒毕露,钝钝的,像卷起刃的刀。水从石头上面流过,从石头中间流过,从石头底下流过,石头想挡住水,水还是找到机会流走了。石头是坚硬的,水是柔软的,然而此刻,柔软比坚硬更显示出刚烈的个性。

路在水畔,石砌而成,起伏不定又拐了无数道弯,不管是台阶还是平面都光洁干净,落叶和杂物难得一见。水和路也会因为一座桥搭起的缘偶尔交织在一起,像是轻轻握了握手便分开,说声再见,又各自按自己的方向继续前进。虽然分开,却随时都能看见彼此,俯仰之间若即若离。沿路的树杂乱无序,一直蔓延到两边高高的山上,都由着自己的性子生长,张三李四王二麻子,高矮不同,胖瘦不均,粗细不等,美丑不匀,在石头之间密集或疏离,有落叶的有常绿的,有开花的有不开花的,其间夹杂着野草与藤萝,干枯与嫩绿同在,衰败与繁荣并存。

且不说铁壁峰,它那刀削斧劈般几十层楼房样直立,是连最擅长攀爬的猿猴都难以爬上去的,也不说玉川门和天门潭瀑布的奇特清丽澄澈无瑕,只说玉川门内的铁壁精舍。进入铁壁精舍需穿过一段夹墙,左墙是乱石堆砌,右墙是天然石壁,两层楼房那么高,两墙间夹了依势向上的石台阶,两人相会要侧身才能行。景点注解说此舍"距今约七百年,相传黄石公常年在此采药炼丹,行医看病,'行者当茅屋,常伴此峰居'。更让人称奇的是有一道残门遗址,门外瀑声如雷,而刚迈进门槛,顿时万籁俱寂,静若神境,令人大惑不解"。看见这样的解说,不免心生怀疑,一路走来水声都不绝于耳,高声处两人挨在一起说话都难以听清,这样的残墙竟能挡住水声?带着疑虑上台阶,才迈了几级,耳边的水声骤然变小,等走进舍内,竟然真就没有水声了,静得似乎能听见头顶树叶飘落的声音。舍内右侧的残壁上果真有门,迈出门槛闻水声,退回门槛水声就消失,实在令人惊讶异常。环顾四周,乱石墙上生了绿苔,枯叶与杂草铺了厚厚一地,是时光走过留下的痕迹。不知当年黄石公是在哪个位置炼丹药?吸吸鼻子,似乎能闻见一股药香在舍内萦绕。

将近三叠泉,水边的岩石呈现出弯曲的纹路,像层层叠叠柔软的飘带起伏缠绵,它们的名字叫固流褶皱。在遥远的古代,是什么样的热量让岩石变得柔软?让它们像将化未化的蜡油一样有了可塑性,可以在外界的压力下随意扭曲自己,冷却后固定成如今的形状,把水的柔软与岩石的坚硬结合得如此完美无缺。大自然,是多么高级的雕塑师!

路一直向上升,扶着石栏杆喘口气,再上几个石台阶,便看见不远处三叠泉瀑布的身影。它从高高的悬崖顶端三级连跳垂挂下来,像织女晾晒的白色云锦,丝丝缕缕都顺滑,柔软无骨却又蕴含了巨大的冲击力量。离它越近响声越高,找不到别的词形容,只能说是像成千上万匹骏马极速

第一辑 谁的影子在水中央

奔腾而来,震得人心也跟着颤抖。水跌下来的姿势不同,胆大的集成束悬空直落,胆小的攒成缕依岩石逐层跳跃,也有像上了年纪的老人的,紧贴着岩石慢腾腾往下流,一副惯看秋月春风的模样。其时是正月初,瀑布底下结了冰,像锥形的冰山,寒冷从冰山上散开到空气里,人刚刚走了那么远的山路,出了汗,此时浸在冷空气里,止不住打哆嗦,像一下子从春天走到冬天。

沿石台阶可以往三叠泉旁边的山上爬,然而这段台阶实在陡,斜度只怕超过六十度了,歇了几回,又转几个弯,见一幢房屋,一位老人家守着,是景点出口。原本想去看三叠泉的源头,可也只能到此为止了。站在此处回首来时路,见岩层错综复杂高不可攀的悬崖峭壁上,树都难得长一棵,有的只是枯黄的乱草,下午的阳光照在北面连绵起伏的崖体上,那种雄浑冷峻和凄凉悲壮的美让人心生绝望。看不见三叠泉瀑布,只能看见它的水在狭窄谷底的乱石堆里流淌。无法想象,若是雨季水量大的时候,洪水奔腾而下一泻千里,该是怎么样一副摧枯拉朽的宏大场面!路像一条纤细的藤,若隐若现缠绕在崖底的杂树间,走在上面的人,小若尘埃。

回首来时路……

远古的燕山造山运动和喜马拉雅造山运动,那是怎样的两场运动啊!是怎样的力量让地壳不断沉降与提升?把原本离开的并在一起,把原本合在一起的撕开。就像眼前的九叠谷,它被撕开的时候可感觉到了剧烈疼痛?没有人为它缝合这么巨大的伤口,它只能不声不响静卧在这里,靠时间来慢慢调养,却又因第四纪冰川的剧烈摩擦形成冰阶崖面,之后才在日复一日四季更迭里慢慢生出苔藓、乱草、杂树,就像原本长得就是这个样子。幸而有三叠泉瀑布,它在变成瀑布之前是溪水,缓缓流淌在五老峰间,风平浪静,悠然自得,却因了九叠谷的出现有机会成为瀑布,告别原先的平静,拥有了三叠三叹,激流跌宕的人生高潮,每日与九叠谷相依相伴,清唱欢歌,奔流不止。便是这样的机缘巧合,水因山谷有了气势,山谷因水有了灵气，孕育出生机盎然的植被，峰峦叠嶂，气象万千。正如宋代诗人白玉蟾在《三叠泉》诗中所写："九层峭壁铲青空，三级鸣泉飞暮雨。"成为庐山第一景观。

"不到三叠泉，不算庐山客"，如今，我也做了一回庐山客。

石壁榕

每次去清源山，都会被那些高悬于石壁之上的榕树深深吸引，不由自主地停下来，抚摸着那些苍劲有力的、蛇一样紧紧缠绕在石头上的树根，思索，沉吟，感叹。

想象着，一只饥饿的小鸟，啄食了榕树的果子。它的胃液能化解和吸收的，只有果肉，而那些比草莓子还要小的种子，在小鸟体内旅游一番之后，又回到天宽地阔的大自然。返回的刹那，种子不能选择栖息地，只能随着其他物质，从空中直直跌落下来，恰巧落在清源山的某块巨石之上。又想象着，榕树果成熟后从树上落下，果肉腐烂溶解为尘埃。一阵狂风，卷住裸露在地面的种子，腾空而起，翻飞旋转，直到清源山的某块巨石上才停下。于是安了身，天做屋，石为床，以若有若无的土为被，静心蛰伏，等到那个最温暖湿润的日子，生根发芽，破土而出，用稚嫩的目光，张看风光旖旎的世界。

小小的榕树苗，用心摸索着，只要找到石上的一丁点儿缝隙，便一把抓住，将细细的根伸进去，像幼小的孩子紧抓住母亲温柔的手。经风经雨，

谁的影子在水中央

时光匆促，榕树苗慢慢长大，这个贫瘠的环境，越来越难供给它生长需要的养分。榕树苗并不着急，它的身子上，生出黄色的、胡须一样的小气根，像一张张小嘴，捕捉着空气中稍纵即逝的水分与营养，把自己喂得生龙活虎般青翠闪亮。榕树的新生支柱根，一边寻找着石缝，一边像闻到了泥土的气息一样，沿着光滑的石壁，向着几米，甚至几十米以外的地面生长，一毫一厘地接近，一旦碰到泥土，便一头扎了进去，像孩子奔跑着扑入母亲的怀抱。

支柱根不断生长出来，伸到地面，再扎进去。时日一久，密密麻麻的树根纠结在一起，层层叠叠，相互缠绕，盘根错节，如坚实的网，如健壮的臂膀，将巨石紧紧抱住，抱紧了石头，也就抱紧了生命，抱紧了亲密的爱人。而榕树的身子，已然粗壮高大，枝繁叶茂。

人，也该如这石壁榕一般，从渺小的种子开始，不张扬，自甘把自己低到尘埃里去，在小小的身体里蓄满对生命的渴望，逆境不灰心丧气，顺境不沾沾自喜，从小处开始，用适合自己的生存方式，应对人生百味，活出精彩人生。

谁的影子留在水中央

我把身子探出窗外，侧弯成弓的模样，伸直胳膊，向下，再向下，指尖才终于碰到河水。天空正下着雨，雨点落在皮肤上，引起针尖儿大小的凉意，雨点落在水面，惊起圈圈涟漪，像一双又一双历史的眼，睁睁合合。我与这些眼对视，无声地交流，想找到有关淹城的某些答案，得到某些启示，然而眼都花了，终是一无所获。河水是温润的绿颜色，朦胧又神秘的气质，不通透，即便目光如箭，也射不穿水的厚度，也就看不见河底都藏了些什么。弯拢指尖掬水到眼前，打算近距离仔细观看那绿色，也好从中找到有关淹城的某些答案，得到某些启示。然而河水一旦附到手上，便什么颜色也没有了，只像露珠一样晶莹剔透，闪着纯净无辜的光，映射着岸边的翠色，似乎淹城的一切过往都与之无关。

怎么会无关？若没有这环形的三河之水，也就没有三城，没有"三里之城，七里之郭"的三河绕三城形制，淹城，只怕也就不能叫淹城了，即便叫了淹城，只怕也是普普通通的，没那么多难解的千古之谜。此刻，我看见和触摸到的，便是淹城内城河的水。往外是外城和外城河，往内，是子城河和子城。

河岸边的翠色是有层次的，香樟树、玉兰树、榉树、松树、柳树——还有许多其他叫不出名字的树，及树下的野草，各自按脾性生长，燕瘦环肥，形成团团簇簇极干净的绿。树的枝干斜倾到水面，绿水倒映着绿树，绿树环绕着绿水，你中有我，我中有你，在苍茫的天幕下，在氤氲的雨雾里，恰似绿波荡漾的时光隧道。我坐在游船上，就像坐在时光机器上，在闪闪烁烁的波光里漫行，如考古学家一样捡拾历史遗贝，寻疑问惑，像诗人一样捕捉亦真亦幻的灵光，面对三千年前留下来的古城废墟，胸中涌动万般情愫，冷热不定，悲喜无常。

内城河入口外左侧，有一股喷涌而出的水柱，高出河面几十厘米，成团的洁白的花朵一样，不休不止地盛开，让人有折下一束把玩的念想。当年，淹城先民的救命神龟，驮人过长江时吸满一肚子水，到淹城后吐出，水渗入地底，居然接通长江，长江水沿此通道源源不断涌来，也就有了这股龙泉。因了这龙泉，几千年来，淹城三河总保持同样高的水位，涝不增，旱不减，救无数乡民度过天灾。但凡传说故事，少有空穴来风，总会有所依

据。船家说，早年间，他曾见过泉水从河底汩汩而出，清澈无比。后来，淹城遗址封境成旅游区，为方便管理，居民全部迁出，城内土地改成园林景观，没人种庄稼，也就没人挖河泥堆肥，河底渐渐积满淤泥，堵塞泉眼。如今的龙泉，是人工造景。

我暗自叹息一声，想起前一天乘游车在外城看见的几棵桑树。那几棵桑树夹在其他树中间，大人腿一样粗细，饱满的青的、红的、黑的桑葚挂满枝叶间，格外诱人。这极富乡村意味的浆果树，引起几声惊喜的欢叫。欢叫之余不由得想，若这桑树下跑着几只鸡，河水中浮着几只鸭，不远处有几座农家小院儿，院里跑着一只狗和几个顽皮的孩子，院子后面是成片成片的庄稼，村民们劳作其间……该是多么自然的迷人景致！然而历史就是历史，总少不了沧海桑田的转换，机缘巧合间，一刹那便易了容颜。龙泉水，会从别的地方找到出口，保持三河的水位；迁出去的村民，会在别的地方繁衍生息；饱尝历史沧桑的淹城，还是叫淹城。

这是谁的淹城？是山东奄国迁徙而来的遗民建造？是吴王夫差为囚禁越王勾践建造？是春秋时期吴国季札建造？……

船家说，他年少的时候，见过高高耸立的古城墙，土质，二十来米高，颇有气势。后来，也不知什么时候，都倒掉了。我坐在船上细看两岸，古城墙已被岁月蚕食如缓坡，绵延起伏，圆润，似乎原本就是这样，仅仅是河的岸。浓密的树和草覆盖在岸上，年轻的绿，不见千年古树，亦不见百年老树，即便在城内其他地方，也没看见年纪大的树。船家解释，那些古树都被日本鬼子砍去修了碉堡。我再看古城墙，便感觉到一阵阵彻骨的寒意与疼痛。

作为一座城池的守护者，淹城的三道城墙是高大的，也是厚重的，各自又有五十米宽、四米深的城河环绕，怎么看也是牢不可破，易守难攻。然而，即便在几千年前的冷兵器时代，它还是被轻而易举地攻破了：先是被爱情之火攻破，再是被邪恶之火攻破。

子城河内种了荷花,仿古的木质九曲桥蜿蜒其上,取名"关雎"。传说淹城的百灵公主和附近留城的王子在此一见钟情,在天愿为比翼鸟,在地愿为连理枝,成就了好姻缘。我徘徊在"关雎"的时候,正是晴天,太阳光直落下来,照着碧倾一池的荷叶,也照着"关雎"旁那条溢满芬芳的黄花小径。恍惚间,仿佛看见他俩在九曲桥上观赏荷花,吟诗作赋,浪漫无限。又仿佛看见他俩追逐嬉戏在花径上,宽袖飘飘,衣角飞扬,表情像阳光一样灿烂,笑声像百灵鸟一样脆亮,恩爱不尽。

留城王子不仅对公主好,还为淹王出主意,在城墙上种植狗蒺藜和扁豆。狗蒺藜尖利稠密的刺是好城防,扁豆开花时,整个城墙便成了彩云织成的云锦。这样可供观赏又可防敌的设计,实在巧妙,叫人赞不绝口。然而美丽的另一面往往暗藏龌龊,留城王子也许是爱百灵公主的,却更爱攻城略地占江山。某日,他借公主之名,偷了象征淹王身份的护城之宝白玉龟逃回留城。淹王一怒,不问青红皂白杀了女儿,等他明白过来,百灵已香消玉殒。此时正是冬季,天干物燥,城墙上的狗蒺藜和扁豆藤枯叶黄,留城王子下令火攻淹城。霎时,整个淹城便陷于火海,杀声震天,血光四溅。刚刚含悲厚葬了女儿的淹王,匆匆收拾细软乘船逃命,不幸船翻人亡,和宝物一起沉入河底。留城王子也在混战中命归西天。尽管三城周围都是水,也浇不灭爱情之火引来的邪恶之火,它只能眼睁睁看着城破人亡,张开怀抱,接纳投入它怀抱的血泪与灵魂,沉淀,深藏,流淌,静静地,像是什么事情也没发生过。

我再凝望河水,似乎看见里面有模糊的影子,要细看时,却什么也没有了。

一条陈旧喑哑的独木舟搁置在内城河边的树荫下。它是从河底挖出来的,同时挖出来的,还有四件工艺精湛的铜质文物。四件文物被复制放大,放在独木舟附近枝叶掩映的岸上。文物的造型和喻义,说明乘船人的身份不同寻常,恐怕就是当年沉水而逝的淹城之王。这淹城之王,到底是

谁的影子在水中央

谁？考古专家和历史专家还在争论不休，各说各有理。我却最愿意相信王黎明先生所说，他是夏朝最后一位皇帝，夏桀。

夏朝后期，国家积累了大量物质财富，当朝者便慢慢荒废先祖发展农业经济的执政理念，转而不惜财力人力发展城市文明。尤其是夏桀，不光在二里头建起中国第一座城市化大都城，还为方便去江南会稽山祭拜先祖大禹，建起三城三河的行宫淹城。这两个工程的巨大花费，让国民生活陷入困境，国家发展也陷入困境，自然是臣恨民怨。大臣商汤趁此机会起兵灭了夏桀政权，建立商朝。夏桀被赶出皇城，所到之处都不招人待见，无奈，只好要求南下淹城。这正中商汤流放夏桀的下怀，又专门派长子镇守淹城附近的留城，监视夏桀的一举一动。商汤长子怕失去继承皇位的机会，不愿长期守在留城，便想方设法娶了公主，烧了淹城，杀死夏桀，本想就此北归中原，却没想到机关算尽，同时害了自家性命。

方形的子城，颓废的四面城墙上树密叶稠，各种鸟儿居住其中，啾啾鸣个不停。一时间，让人难以断定这里到底是沉寂的，还是繁华的。城墙内，当初屹立气势恢宏的宫殿的地方，如今是一片平整的荒地，遍布细碎的野草。城门内右侧的千年竹木古井，也许还记着那些云烟往事，那曾经的富丽堂皇、霓裳歌舞；那曾经的失国之后的忧愤，瑶岭钟声下的反省与忏悔；那曾经的真情或假爱，城破人亡……它当然记得，它只是像护城河水一样保持沉默，就算有人巧舌如簧，也套不出它一句话。

"淹"字，在古代的意思是长久吉祥。想象墙高水深的淹城，宫殿华美，连接亭台楼阁的回廊曲折辗转，宽的窄的路蜿蜒在花红柳绿间……夏桀祭拜祖先之余，在此小住，该是多么悠然惬意。然而这宫苑的建造违背了天时、地利、人合，犯了众怒，正如水能载舟亦能覆舟，淹城，最终淹没了他的国家，淹没了他的生命……

百灵公主的三座坟墓，以等距离排列在外城，长满杂树野草。没人知道哪一座是真的，就像没人知道，夏桀逝去之后的岁月里，淹城又经历了哪些风云变幻。

几张竹排从对面驶来,游客们撑着的各色雨伞和他们的橘黄色救生衣,让满眼单调的沉沉绿色活泛起来,刹那间生机勃勃。竹排上的船工边撑篙边清唱民间小调,沙哑苍凉的歌声在水面上回荡。有那么一会儿,我突然以为他们来自历史深处,电光闪烁间,猛然出现。擦身而过时,竹排上的人笑着喊着向我挥手致意,我也报以同样的热情。各自的影子倒映在水里,慢慢疏离,远去。

雨还在下,星星点点跌落水面,荡起圈圈涟漪,像一双又一双历史的眼与人对视,有人看得懂其中的含义也好,没人看得懂也罢,哪双历史的眼会在乎呢?淹城,它只属于历史,以天下园林鼻祖的姿态静默在常州武进,不管谁来过,都只是匆匆过客,有名的无名的影子留在水中央,像雨点一样荡起或大或小的涟漪,稍纵,即逝,再不见痕迹。

不管你如何想象、假设、推测、考证,淹城的历史真相就在那里,所有的细节,只有它自己知道。

夕阳下的金沙滩

天是浅蓝色,海是深蓝色,海面浮了三三两两的帆船,海与天之间横了几丝薄纱样的云,让整个空间看起来更加宽旷悠远有层次感。落潮中的海水卷着长波细浪,涌起千层雪,轻轻拍打着柔软而温热的沙滩。夕阳斜照在水面,凌凌波光,恰似成千上万只金色、银色或透明的蝴蝶,轻舞翩

然。初秋的风绵密深长，和翻卷的海浪一起，嘈嘈切切地温言软语般在耳际萦绕不止。不远处的轮船形海洋馆，宛若一艘真正的轮船搁了浅，正等待涨潮后继续乘风破浪远行。近处的礁石上，观音菩萨手持净瓶端立在莲花台，目光慈祥而温暖，使整个黄金海岸都笼了一层神秘而祥和的气氛。

不是周末，沙滩上疏疏落落散了些人，可以任意追逐奔跑，不必害怕碰撞到谁。可以换了泳衣，或就穿着平常衣服扑到海里和海水亲密接触，嬉笑打闹。也可以悄无声息地站着，任一波又一波海浪抚上双脚，温润的海水像爱人柔软细腻的手。也可以在沙滩上画几幅画，写几个字，再看着海浪把它们抹平，就像沙滩上从来没出现过什么。或是挖些深深浅浅的洞，再筑个城堡，当一回堡主。可以在沙滩上细细寻找，捡些完整的或残破的贝壳碎片，想象它们曾经如花的生命，感叹世事无常，珍惜当下。也可以坐在干燥的沙滩上，什么也不做，什么也不说，什么也不想，就那样静静的，把自己看成静止的风景，心也便在这样的静默里空成虚无，再无愁闷烦忧。

不知谁喊了一声，快看，有鱼，还有螃蟹！听见的人便都低了头，一齐往海水里打量。海水明净透彻，水底之物清晰可见。鱼是黑灰花纹的小鱼，小手指那么大小，随潮水涨落，一会儿在齐膝的深水里，一会儿在齐脚面的浅水里，看似头大尾小笨而拙，游动速度却非常快，想抓住它可是难上加难，好几个人围成圈，又堵又截，还是跑掉了。婴儿手掌大小的螃蟹就好抓得多，它们虽然横行霸道冲来冲去，却总辨不清方向，不是撞到人的手里，就是撞到人的脚下，也有用沙伪装躲起来的，却因为身体与海底之间的一圈阴影，被发现，成了俘房。取一个塑料袋，装些海水，把抓获的螃蟹放进去，不一会儿，就有了十几只。

夕阳越沉越低，人的影子投在沙滩上，拉得很长。一些人开始起身离开，更多的人又赶了过来。他们是附近的居民，早早吃过晚饭后，携家带口来戏水。真羡慕他们的近水楼台，可以随时随地来这里休闲放松，在这样广阔无垠的天地里，消除生活与工作中的疲惫与倦怠，日子便过得五光十色起来。

天色渐暗，徘徊复徘徊，虽然不舍，也还是要走了。将塑料袋打开，把螃蟹们都放回大海，看它们争先恐后落水，自由自在四散而去，笑意如一朵花儿，在脸上悠然绽放。

渐行渐远间再回首，见最后一抹夕阳光线下，沙滩烁金浪花闪银处，人声杳然，如一梦。

风，从安平桥上吹过

但凡历史悠久的，大都显出饱经沧桑的模样，看得见时间走过的痕迹，就像我眼前的安平桥桥门。我上下左右打量着，看见石头墙一片喑哑，屋檐上绿色的瓦当没有光彩，不觉讶然，仿佛它不该这般灰头土脸。这便是"天下无桥长此桥"的安平桥桥门吗？

心里还是激动的，呼吸也有些急促，不像桥门上方的题字那般"水国安澜"。水国安澜，这是多么宁静平和的寓意呀！连字体都那么沉稳大气，生出一种悠然闲适的感觉来，仿佛只要走在桥上，便再没有风浪之扰。门口的两尊石狮子，因年代久远而风化，再加上覆了一层灰尘，有些模糊不清，然而，这并不影响它们对桥的守护，岁岁年年，无穷期。

从门洞口看过去，安平桥直向远方延伸，怎么也看不到尽头，就像不

能看透历史。迈过条石门槛的瞬间，有些紧张，带了新奇和怯意，心怦怦跳着，似乎这么一迈，就穿越了时空，风云变幻，去到遥远的古代，再不能回来。

安平桥的桥面，不是我想象中的那么平整，桥面不平整，也就是石头不平整。石头是花岗岩和沙石，又长又宽又厚的石板，或六条，或七条，或八条并排在一起。我从石板这头走到那头，约略量了一下，有十米左右，桥宽三米多。有些石板表面是平整的，看得到雕琢的痕迹，走上去踏实安稳，有些表面则高高低低，深深浅浅，参差不齐，我很想翻过一块来，看是不是放错了面。石板与石板之间，有或宽或窄不规则的缝隙，走到这样的地方，需小心，才不会失脚踩到石缝里去。透过缝隙，水的波纹清晰可见，像历史的眼睛，闪着捉摸不定的光芒。又像是树的年轮，记录着八百年寒来暑往，风雨兼程。我一直想，近千年车碾人踩，风吹雨打，石头表面应该磨得很平滑才对呀，为何还这般起伏不定呢？就像一个生性倔强的人，虽经千般磨难，却始终不改撞了南墙也不回头的脾气。

石栏杆倒是整齐划一，它们直直地站在桥两边，长长的臂膀挽在一起，像两排卫士，灵巧威严，护着来往的行人车辆，和厚重笨拙的石板两相对比，相映成趣。我依在石栏边，看见支撑桥面的桥墩，是用长条石和方形石横纵叠砌而成，有四方形，有单边船形，有双边船形。如此设计，是为了分解和减弱风浪对桥体的冲击力吧，这样想着，便从内心里感叹起先人的聪明与智慧！我走到船形桥墩那里，它尖尖的船头伸向前方，我闭上眼睛，忽觉风吹船动，衣衫飞扬，驶向历史深处。

历史深处，这里是东海的一部分，西海岸是南安水头镇，东海岸是晋江安海镇，两岸居民若相见，必以船渡。每天，船只穿梭于海面上，或探亲访友，或撒网打鱼，或出海经商，一片繁忙景象。到了南宋绍兴八年（一一三八），安平桥开始修建，工匠们从泉州府附近的石窟里，从海峡对岸金门岛上的石窟里，采出一块块巨石，雕琢成形，人抬船运，劈风斩浪，驻桥墩,架桥梁,将海峡两岸的石头结合在一起,前后历经十三年,跨海而过,绵延五华里,状如长虹,中古时代世界上最长的梁式石桥,终于完工。从此,人们可以自由来往,再不怕风大浪高。正如桥门上的题字一般,水国安澜!

我睁开眼,桥墩还是那桥墩,桥栏还是那桥栏,桥板还是那桥板,只是,桥下水域已小如池塘,水域两边,是鱼池和田地。安平桥,这座有着八百岁高龄的五里长桥呀,它看见了,沧海,是怎样变成了桑田!

沿桥往东走,桥静水柔,船止橹歇,绿树叠翠,田地成片,忽有一群白鹭,舒展双翅,腾空而起,啁啾远去。走过憩亭,走过新兴宫,新兴宫旁,有对称的方形尖顶石塔,像威武的将军,镇守在桥两侧。再走,过一条清澈的小河,就是桥中心了。桥中心有庙宇,上题"水心古地",香火点点,烟雾缭绕。庙前广场有观音菩萨静心伫立,面目安详,仪态万方,护佑桥稳人安。

在桥中心稍作逗留,天已近午,没再往前走,心里不免遗憾。然而世事没有完美,不可能把所有美好都握在手中,总有些风景要错过,正因为如此,人生,也便像一首隽永的小诗,充满想象和张力。

我走在桥上,走在海峡两岸的石头上,走在先人的智慧结晶上,走在沧海变成的桑田上,细数岁月留下的印痕。风,从身边掠过,我融化成其中一缕,缠绕在桥头,聚散两依依——

精彩，于驻足间呈现

　　大自然是个无限精彩的世界，哪怕是一座不起眼的小山，一片不起眼的草地，几棵其貌不扬的树，一个小小的水洼——都能带给人无数喜悦与欢欣。只要全身心投入体味和感受，停下脚步，仰起头或蹲下身，睁大双眼就能看见，侧起耳朵就能听见。

　　每天上下班经过的路上，有片橡皮树树林，一条石板路从中穿过。我曾蹲在路边看一只黑蚂蚁喝水。蚂蚁喝的是一滴露珠里的水。露珠凝在细长的草叶子上，晶莹剔透，映着清澈的晨光，可爱得想让人摘下来穿成手链。蚂蚁原本从草边路过，许是突然闻到水的气息，又返身爬到草上，径直走到露珠那里，双颚抵到露珠上一张一合，两根细小的触角摆来摆去，很惬意的样子，似乎能听见它咕咚咕咚吞咽的声音。露珠只有一粒豌豆那么大，然而它相对于这只蚂蚁，居然有了圆滚滚的立体池塘的气派。

　　曾在草地上看见一对热恋中的蜗牛。它们慢慢地相向走到一起，先用触角轻轻碰触，接着唇部贴在一起，然后像爬树一样缓缓相对向上，柔软的身体热烈地紧紧贴在一起，扭动着直立起来，各自的壳侧立在身后，像一个庄严肃穆的白头偕老的誓言。那一刻我眼里突然涌满泪水，耳边响起婚礼进行曲。

　　是在一个很深的人脚印里看见那几只小蝌蚪的，我不能确定脚印里的水被太阳晒干之前它们能不能变成青蛙，便自作主张把它们捧到不远处的池塘里。

…………

沉浸于大自然，不一定去名山大川，也无须花太多时间，只要肯停下来仔细感知与倾听，身边处处有精彩，能从中领悟到生命的奇妙与伟大，发现自己的心跳和大自然的心跳是同一个节律。生活是那么五彩缤纷，那么美不可言。

花朝节

早春二月，万物复苏，人们也从家里走出来，去山野间踏春。

泉州桃花山，在这样的日子里，为大家准备了一场桃花宴。

转一个弯，再过一丛树篱，还来不及惊呼，一场声势浩大的桃花宴就那样张扬在眼前。不知道有多少人在品桃花宴，几乎每株桃花前都有一张人面，连刚刚几个月的娃娃，也被摆在一枝桃花前，在母亲的引逗下，在父亲的镜头里展现纯净稚嫩的笑。但见人在花中，花在人间，人笑如花语，花容似人颜，像彩色的流云，在山间飘逸流转。

忽然间，就看见她们，那些身穿古装的年轻人。男着束腰素净宽袖长衫，虽不戴头巾，却依然如风度翩翩、俊朗儒雅的古代书生。女着束腰宽袖曳地长裙，长长的青丝或高挽如云，或随意绑成松松一束，或插花簪，一个个袅袅婷婷，清丽雅致，妙曼妖媚。他们在花间行走，衣角飞扬，顾盼生姿，恰似春风拂面，惊艳了多少人的双眸。他们在桃花前的空地上围成一

个圈儿，击鼓传球，球传到谁手里，谁便去摘一个事先挂到树枝上的花签，回答上面的题目，气氛轻松活跃，笑声不断，引无数人围观，眼里满是欣赏与艳羡。

原来，他们在过花朝节。

花朝节，是古时候的节日。那时，每当春暖花开，年轻人便相约成伴，一起外出赏花，在花前吟诗作赋，把写了祝福语的花签挂在花枝上，祝花开得更艳，盼自己能实现心愿。这样日久成俗，演变成百花盛开的节日——"花朝节"。

我看着这群年轻人，有些不知今夕何夕。他们恍如穿越时空隔世而来，带了古典的高雅情趣与浪漫，到桃花山做桃花最贴心的知音。你看那桃花都笑了，笑成一浪高过一浪的花潮！

晨雪

没有风，空气清澈得让人吃惊，深深吸一口，一股沁凉直入心脾，冰得鼻子生疼，直疼到心尖儿上，还是不知不觉微闭双目，尽情呼吸。

院子里的梨树、桃树、苹果树、石榴树，院外的槐树、枣树、李树、杏树、香椿树，一夜之间都变成玉树琼枝，像一群素雅精致、英姿飒爽的女子，一只喜鹊的欢叫，是她们咯咯咯的笑。散落在院子里的那些有棱角没棱角的家什，都让雪修饰得圆润流畅，温柔文静。东墙根儿那口水井，井盖边沿冒出腾腾热气，像是冬在呼吸。芦花鸡不敢走路了，抬抬脚又放下，急得直咕咕。黑狗大大咧咧,兴奋地汪汪叫,不管三七二十一,一溜烟儿跑过去又跑过来,还故意跌一跤,顺便打个滚儿,马上变成黑白相间的小花狗。猫儿走几步一回头,"喵呜喵呜"叫几声,像在夸自己的梅花画得好。猪圈里的猪哼哼叽叽,低头在雪里拱来拱去,寻找可口美味,把好好一条白绒毯撕扯得面目全非。

屋旁的小路上有一串脚印,延伸到屋后的小山坡上。是谁这么早上山了?好奇之下,跟了这脚印一路寻去。弯弯曲曲的山路,掩藏在平静光滑的雪下面,只能凭记忆,还有早行人的脚印,依稀分辨得出。雪刚没脚踝,尽管轻轻落脚,还是咯吱咯吱响。路边的狗尾巴草顶着小巧的白绒帽,伸展着娇小玲珑的身子,真想采下一棵拿在手里把玩,又怕惊了她们的春梦。天空澄明清丽,空灵通透。是哪个艺术家,雕琢成这么一件巨大无比的蓝宝石工艺品?瞧那一群飞鸟,飞过的姿势多美!

到了山顶,展现在眼前的是一种让人窒息的美。远远近近的山、田地、房子、树木、小草——世间的角角落落,一切丑陋肮脏、不可见人的污秽,包括大自然的伤痛与疤痕,都被遮得严严实实。你的周围只有两种颜色,天空的蓝和雪的白,在这个纯净圣洁、空旷幽远、无边无际的天地里,什么语言都是苍白的,什么歌声都是无力的,什么诗句都是浅薄的。你只想融化,融化在蓝天里,融化在白雪里,融化在即将诞生的阳光里,融化成这个绝色美景中的一部分。

你已经是其中的一部分:乌黑的长发,大红的风衣,清新,明艳,亮丽,在蓝白组合的空间里,站成一株红梅!

过客看古城

那夜下了一场雨，空气里还有雨的气息，凉爽而清润，丝毫没有五月天的模样。远远近近的树因为雨的缘故，每片叶子都异常干净，澄澈而通透，翠色欲流，把人的目光染绿，把人的呼吸也染绿。

偶然间低头，看见大理石铺砌的地面上写满大字。字是用水写的，有草书，有隶书，有行书，有楷书。或遒劲有力，或行云流水，或清新隽秀，或自由洒脱。字里行间散着几片落叶。灰底，黛字，黄叶点缀，自然协调，颇有古典味儿，墨香氤氲。虽然某些字的笔画蒸发掉了，也还能约略看出都是诗词歌赋。其中一首是杜甫的《春夜喜雨》，这诗的意境，倒和昨夜的夏雨营造的氛围相同。

是谁有这样的雅兴，以水代墨练习书法？我举目四顾，看见了那个中年人。几十米外，他正把腰弯成近九十度，左手持字帖，右手握笔，像虔诚的老农侍弄庄稼地，仔细，认真，凝重，一笔一画，播种对艺术的追求与爱。霎时，我心头涌起新奇、讶异、喜悦和尊敬，脸上绽开微笑，举起相机，把他写字的姿态，和他写的字都收进镜头内。又小心翼翼绕过脚下的字，走到他旁边，近距离看他写字。

他写的是隶书，笔触大气，苍劲庄重。内容是毛泽东的词《长征》，正写到"乌蒙磅礴走泥丸"。观者不止我一个，他却旁若无人，只管专心致志地写，不时和字帖对照一下。笔干涩了，就地取材，在旁边浅浅的积水中蘸一蘸。笔是手工制作,造型简单又独具匠心。长一米左右,笔头是海绵,形状恰似尖嘴蜜桃,用橡皮筋固定在白色硬塑料管上,尾部拧了矿泉水瓶盖,蓝色瓶盖下的瓶颈剪成同等大小的瓣儿,像无色透明的花儿。我看看他正在写的清晰的字,又看看周围已经模糊的字,暗自感叹:会写这么多种字体,得花多少年练习?写了这么一大片字,今天又是几点起床?可见,他爱书法爱到骨子里去了。如此的恒心与毅力,真让人打心眼里敬佩。

这样感叹着,一转头,蓦然发现不远处的树底下还有其他写字的人。他们看起来年龄更大些,都握了大同小异的自制笔,只是没拿字帖,而是三三两两一起,写一会儿,交流一会儿。代替墨汁的水,装在长绳缚着的敞口瓶里,提在手上。我这才明白,原来这满地的字儿,不都是写《长征》的中年人留下的。我走近他们时,其中一位先生正同时拿了两支笔,摆开架势左右开弓,闪展腾挪。少顷,他面前便出现相对的"海纳百川"八个大字,左手写的是反字,右手写的是正字,行云流水般顺畅,又有骨气。围观者都鼓掌喝彩,我也发出一声惊叹。

许是我的惊叹太出声,又身背行囊,手握相机不断拍照,他看出我的过客身份。他说,他写人名很有一手,可以把我的名字写下来,拍照留念。我自是欣然同意。他便找个空地方,把笔在积水中打个滚儿,稍作沉吟,开始忙活。单笔写双笔写,正着写反着写——只一会儿,好几个我的名字便出现在诗词歌赋旁,染了艺术气。我内心的欢喜和感激像水花一样盛开。我站在写字的先生旁,站在我的名字旁,请人按下快门儿,让这样的一刻永恒在镜头里。

辞别写字的先生,辞别水写的字,满怀欢喜和感激,过一星桥,信步向前。

天宁宝塔下,有人练太极拳。广玉兰莹白色的花瓣硕大厚重,玉的质感。香樟花浓郁的香气散在空气里,直透肺腑。嘉贤坊附近,市花月季开

得正艳，一朵挨一朵各自芳菲。有书画家伏案忙碌，绘月季图，义卖，为儿童福利院谋善款。行头齐备的摄影者穿行在花红柳绿中，寻找最佳角度。白墙黛瓦的屋角有人下象棋。高山流水处有人手捧英文书朗朗而读。空中栈道蜿蜒在深深浅浅的绿色里，三两个人慢步其上。梦笔轩的待月亭内，正有人对着月亮门外的芭蕉树吹奏横笛，玉树临风的姿势，极婉转悠扬的《小城故事》旋律——

是啊，小城故事多，充满喜和乐。且不说整个绿围翠绕干净整洁的常州城，我这个匆匆过客，仅在红梅公园里就遇见很多好人、很多好的故事，这些故事有关琴棋书画，有关热情、慈悲与大爱。我那水写的名字也镶嵌在这些故事里，虽不能和苏东坡的大故事比，亦不能和瞿秋白的大故事比——然而谁能说，这小故事没受大故事的影响？

我感受到了看到、听到的常州故事带来的喜悦和快乐。

蚵壳厝和它的花儿

海蛎壳整齐地重叠在一起，站成银灰色的墙壁，撑起冬暖夏凉的蚵壳厝，织成弯曲深长的小巷。正是雨季，刚下过雨，脚下的水泥路闪着水的光芒。风从巷口吹来，带着海的气息，轻柔，而又温润。巷里的野草，因为雨水的缘故，绿得像玉一般通透明亮。

现在，我就走在这样的小巷里。这样的小巷，在泉州丰泽区东海镇蟳埔渔村。

蚵壳厝看起来年纪很大了,似乎能听见它们苍老沉重的喘息声,带着海的深邃与神秘。一棵古榕树,老顽童般散乱着须发,自由伸展着枝叶,依在蚵壳厝身旁。它们像患难与共的老朋友,聊着海一般厚重的日子。一些蚵壳厝被主人遗弃,它们经得住凛冽且带有盐分的海风摧残,也经得住大雨小雨冲刷,却在主人离开后,倒塌于孤独寂寞中——是的,即使是一座房屋,也是有生命,有感情的呀!

倒下来的海蛎壳散落在断墙内外,尽管沾了泥土和落叶,却依然透出独有的艺术气质。它们的故乡在遥远的海那边,早年间,这里的商船出海做生意,返航时采购的货物太轻,便把它们和沙土一起装在船上增加重量,以此保持航船平稳。在故乡,它们是被丢弃在海边的废物,而在这里,不管是站着作为墙,还是倒着作为残垣断壁,都是价值极高的艺术品。我抚摸着它们那层叠的折皱,感受到海水的温度,感受到年轮的颤动,感受到历史的深厚。这神奇的异域海蛎,身体柔软如海水,外壳却坚硬如磐石,像海浪与海礁的完美结合,像蟳埔女的温婉与坚毅的完美结合。它们随着商船,走过繁忙的海上丝绸之路,远渡重洋来到这里,在有着一双慧眼和巧手的蟳埔匠人手里,成为遮挡风雨的屋宇,与勤劳善良的蟳埔渔民相依为命,成为历史悠久的蟳埔文化遗产之一。

蚵壳厝小巷里,世外桃源般宁静。我把脚步放轻,生怕惊扰了或坐在厝门口聊天,或忙着织渔网,或忙着缝补衣衫,或忙着照看孩子的老人。我看见屋檐下放着旧鱼篓和旧渔网,看见墙上挂着旧竹斗笠和旧蓑衣,它们带着海水的咸涩,带着海风的指印,带着阳光的炽热,歇在那里,回忆和主人一起搏击风浪的日子,那是些非常忙碌又非常充实的日子,值得用一生来回味。

厝内和厝边的空地上,种了菜,种了花。菜藤儿在架上蜿蜒,瓜果儿荡着秋千。花儿在绿叶丛中娇嫩地开放,自在,安闲。

有一种奇异的花,叫簪花围,它们开在蟳埔女的头发上,我的目光,总

是被这些花牵扯着，拉得很长。我看见每个蟳埔女，不管年龄大小，不管是在劳作，还是在休闲中，都把长发在脑后绾成圆髻，髻中间插一根象牙色的筷子，也有另加一根红筷子的，圆髻外面围着一圈或多圈花环。那花环大都用小朵鲜花穿成，最外围还插了绢花，小巧而不失大气，五颜六色，姹紫嫣红，散发着或浓或淡的清香。也有全部用绢花做成的，虽然极其艳丽，却少了生命气息。这些簪花围，像五彩缤纷的珊瑚花，又像长了翅膀的小花园，在蚵壳厝内外摇曳生姿，翩然飞舞。

走在蚵壳厝小巷，看见周围装修华丽的新式楼群，把蚵壳厝围在圈内，扯断蚵壳厝与海相望的视线。一些新式房屋的墙上镶了海蛎壳，显示主人对蚵壳厝的留恋，却没有蚵壳厝的气质，像穿了时髦套装的女子，梳了两条麻花辫，俗气，怪异。古老与现代，如此突兀地结合在一起，没有过渡，或者说过渡不自然。然而，日子总要向前走，虽然留恋，虽然不舍，还是要走到更广阔的天地里去。

住房可以变，不变的是蟳埔女的勤劳。常年海上劳作，风吹日晒，她们的皮肤大都是黑褐色，她们的笑容，和簪花围一起，和碎花小褂一起，和肩上的扁担、筐内的新鲜海货一起，灿烂地盛开着，从远古开到现在，开在蚵壳厝，开在海面上，开在大街小巷和菜市场，开在无限的历史空间里。她们，和蚵壳厝一样，都是蟳埔渔村的灵魂。灵魂，是不死的。

祖祖辈辈为渔民的蟳埔村民，深深爱着养育他们的大海。他们爱得那么深刻，那么纯粹，他们把海砌成屋，每日在海涛声中入眠，每日在海涛声中开始崭新的一天，他们把女儿们打扮得如海底世界般绚丽多姿。还有谁能和他们一样，把对海的爱演绎得如此淋漓尽致？

走在蚵壳厝和它的花儿们中间，风像海水一样缓缓流动，突然不能确定，自己是在海底，还是在陆地，到底是人，还是一尾游在历史深处的鱼。

赶潮的鱼

汨罗记忆

身有灰尘，心是荷花

那个时候，从北京到湖南汨罗，乘火车需要很长时间，又因为是慢车，花的时间就更长。我们坐了一天两夜火车，又坐了一小时公共汽车，终于到了屈原农场。农场面积很大，到同学（现在的先生）奶奶家，还要步行几公里土路。

土路建在稻田中间，比稻田高，三米来宽，两边是高大挺直的水杉树，有浓密的叶子，投下成片阴凉。这样的土路很多，相互交错，四通八达，路边歇着些长条形状的村庄。我想，若从空中俯瞰，整个农场会像棋盘一样吧。八月，正是收获季节，稻田里有忙碌的人影，收割，或者在脱谷机前脱谷。太阳光下，他们裸露在外的皮肤，是红褐色。割过的田里，只剩下短短的稻茬，有不知名的鸟儿落下，捡拾遗落的谷穗上的谷粒。

我背着背包，跟同学走在路上。这里所有的一切，即便是那些短短的稻茬，对于生活在北方的我，也是极其新鲜的。我不时把身子做三百六十度旋转，瞪大眼睛，以便把以前没见过的景象，全方位记在脑海里——那个时候可不像现在，几乎人手一架相机，或有拍照功能的手机。我像个孩子一样，问一些傻乎乎的问题，同学也像对待孩子一样，先认真回答，然后，把头扭到别处偷笑。

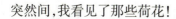

突然间，我看见了那些荷花！

我实在惊叹于她们的清丽脱俗，像一群略施粉黛的霓裳少女，轻摆柳腰，袅袅娜娜，或娇或羞，或媚或柔，或大方活泼，或犹抱琵琶半遮面，皓腕轻抬，粉面桃腮，明眸闪过秋波。她们在一望无际的、碧绿的、生机盎然的、春天的原野般的荷叶间行走，似听见环佩叮当，似听见咯咯脆笑。我站在路边看着她们，不知道怎么办才好。我俯身，伸手想抚摸她们，却看见手上有吃香瓜留下的汁水痕迹。我弯腰想洗手，又看见一路旅途劳顿，落下的满身灰尘。我走得离荷花远些拍打灰尘时，又看见用塑料凉鞋改成的拖鞋里面，那双花里胡哨的脚，甚至看见，垂到胸前的马尾辫，也毫无生气地凌乱着。我一下子慌了神，继而自卑起来，叹息不该以这样一种污迹斑斑的形象，与荷花初次见面。不说别的，最少，也应该是干干净净，清清爽爽，穿得体面些，才不至于如此丢脸，让圣洁的荷花耻笑了去呀。然而，不期然的邂逅，是没法作那么好的准备的。我只好放弃亲近荷花的想法，以一种卑微的心态站在那里，敛声静气，凝视她们。我的目光是没有污垢的，纵然经过长途跋涉，它们依然纯净澄澈，只是多了初见荷花的新奇、喜悦和激动。我想，荷花是懂我的心意的，我看见她们浅浅地笑着，冲我点头。

我确实非常喜悦和激动，不知道怎么打发因此而生成的亢奋情绪。每逢这样的时候，我都想唱歌，想吟诗，想喊，想跳，最后，却总是什么也做不成，嗓子似乎失了声，脚也动不了，就只有沉默。很多时候，面对美好，是不是只有沉默，才是最极致的赞美？

我在荷花面前伫立，良久，都不舍得走。身有灰尘，心是荷花。

汨罗江

汨罗江，在屈原农场北面。

落日西沉之时。穿过一排黑瓦泥墙的老屋，爬上江坝。我看见了汨

罗江！

其实，我最先看见的是两座黏土悬崖。它们在我即将爬上坝顶时，从遥远的西北方缓缓露出头来，左高右低，遥遥相对。悬崖通体是鲜艳的朱红色，像天边的晚霞落下来，然而它们的质感不是轻盈和飘逸，而是凄凉与悲壮。连接悬崖的，是延伸向两边的山，山上生了满满的绿树，绿树丛中藏着些房屋。待爬上坝顶，才看见江水从两崖之间流淌出来，画着弯弯的弧线，不张扬，不急躁，平静而舒缓地流向东方，最终不见了踪影。几艘帆船，或顺行，或逆行，远小近大，错落有致漂在江心。或许是时间模糊了某种细节，在我记忆里，目光尽头的江水，是极亮的虚幻的白，接着是含了落日余晖的深浅不一的红，再接着是乍蓝还绿的翡翠，用"一道残阳铺水中，半江瑟瑟半江红"来描述，倒也算是贴切的。只是细细想来，这样的色彩，似乎又是令人疑惑的，因为我是站在江南，不是站在江北。

沿斜坡路下到江边，走上青石板铺成的伸向江心的缓冲堤尽头，选一块中意的石头坐下来，脱去鞋子，把脚伸到江水里。江水碰撞着江岸和石头，也碰撞着我的脚，发出咕咚咕咚、哗啦哗啦的响声。初遇江水的冰凉，很快变得温润，像有一双柔软的手，在脚上轻轻抚摸。江边的水清清浅浅，能看见大小不一的石头、细沙、贝壳和水草，一些小鱼成群结队游来游去，并不理会我荡来荡去的双脚。

我的目光，在汨罗江及它周围的景物间反复游走。此时，一个和这条江有关的人，一个和这个人有关的节日，不可避免出现在心头，因此而来的忧郁，或者说怅惘，也不知不觉间在胸中潜滋暗长。

认识端午节时，只知道它是个节日，我记住它像记住过年一样自然，因为同样都是可以吃好东西的。端午节的好东西，最重要的自然是粽子，和粽子一起的，还有用荞麦面做的晶莹剔透的凉粉，以及用绿豆生成的嫩生生的豆芽儿。这三样好东西，在麦子荡起金黄色波浪时端上桌，成为端午节的标志。那天，我的肚皮总是撑得鼓鼓的，满心都是幸福感。

端午节为纪念屈原而存在,是上了学在历史书上知道的。从那以后,我的端午节便不再轻松,我会一整天,甚至相近的那几天,一直想屈原的事。想他那么有才华,帮楚怀王出谋划策,把国家治理得那么好,却因此遭奸臣妒忌陷害,慢慢被冷落疏离,继而流放,眼看着好好的国家被糟蹋得支离破碎,民不聊生,又无能为力,那种叫天天不应,叫地地不灵,走投无路的感觉,实在叫人不堪。我想象汨罗江的样子,想象屈原披头散发,形容枯槁,手执长剑,在江边奔走呼号,对天长问,继而自缚石头投入江水之中,呼吸便急促起来,像要窒息。我会跑到村前的小河边,把石头当粽子,把木棍当龙舟扔到河里,然而真实的龙舟,即便是一条小渔船,我也连影子都没见过。我会去山间地头,寻找艾蒿和菖蒲,我不认识它们,也没人告诉我它们是什么样子,我凭感觉决定哪种草是,然后把它们采下来。母亲只当我在玩耍,任由我插到门口。母亲没上过学,不知道屈原的事,我也没听见村里别的大人说过。在我们那里,端午节就只是个节日,只有粽子、凉粉和豆芽儿,再就是热火朝天割麦子,别的,什么也没有。

长大后,我不再往小河里扔石头和棍子,也不再去找菖蒲和艾蒿,我把自己和家乡的风俗融在一起,却依然在那几天,想屈原,想和他有关的,遥远的令人窒息的事。我做梦也没想过,有朝一日能这么近距离看到汨罗江,并和它亲密接触。我掬起一捧江水,洗脸,想起老渔翁对屈原说:沧浪之水清兮,可以濯我缨,沧浪之水浊兮,可以濯我足。以此来劝屈原随遇而安,然而倔强的屈原听不进劝慰,终不堪忍受"世人皆浊我独清,众人皆醉我独醒",让汨罗江水,把自己带到没有污浊的世界里去。我捡起一块石头,奋力扔向江心,石头惊起一束水花,快速沉了下去。我的目光穿不透深邃的江水,看不见石头落到水底的模样,就像看不见当年沉入水底的屈原。屈原用投江的方式,把自己的肉体弄丢了,留下来的是不死的灵魂,这灵魂,便是他的精神和诗篇。他的灵魂融化在汨罗江中,融化在端午节里,融化在无边无际的历史上,因此而永恒。

第二辑 赶潮的鱼

　　我又把目光投向那两座黏土悬崖，在心里问：两千年前，你们便站在那里了吗？你们可看见屈原最后的容颜？黏土崖不说话，兀自站在那里，呈现出悲壮和凄凉，我在那悲壮和凄凉里看见坚毅与决绝的信念。汨罗江水也不说话，兀自向东流。

屈子祠

　　我已经不能确切记起屈子祠的模样。只记得沿汨罗江堤坝，往下游步行了小半日，过江后，再过石砌的濯缨桥，上玉笥山，才看见屈子祠。红柱，白墙，高大的牌楼式大门，依稀印在我脑海里。门墙上，有屈原的生平简介浮雕图。祠内供有屈原像，陈列着有关他的史料图片，及历代镌刻的有关碑文，还有书画家为他和他的诗做的书画作品。所有这一切，都在诉说对屈原的敬佩、爱戴和怀念之情。

　　当我看见那些长的、方的、三角的、四角的、锥状的粽子样品时，实在是感到万分惊奇。我还在祠外院子里，看见了包粽子用的箬叶，那是我第一次知道，粽子不是只有芦苇叶子才能包出来，也不是只有一种形状。我暗自揣摩每种粽子的包法，想着再到端午节，也变些花样出来，却始终也没做到。多年以后，我还知道粽子馅也各种各样，五花八门，有着浓厚的地方色彩。这个世界太大也太奇妙，不管是什么地方，不管是什么材料和形状的粽子，也不管是什么样的风俗习惯，端午节，它承载的历史文化，都是一样的深沉厚重。

　　和同学在祠旁边的独醒亭坐了很久，我们相对无语，任风吹树叶，发出哗啦啦的响声。风很有可能是从两千年前吹来的，隐隐约约有墨香气息，我知道，那是屈原在玉笥山上写作时留下来的。没有渔夫来问我们为什么坐在这里发呆，即便是有，也不可能再诞生类似《渔父》这样的绝世之作，也不可能再有《离骚》、《九歌》、《天问》——不同时代，不同背景，出不同人物。人都是世间的匆匆过客,能流芳千古的,是极少数,而屈原,只有一个。隔着两千年茫茫岁月,我看见屈原,或面向故土仰天长叹,捶胸顿足,喃喃自语,或提笔挥毫,奋笔疾书。他把满腔撕不碎、扯不烂、扔不掉的悲愤,以诗歌的方式倾诉出来,留与后人听,成为整个历史的伤痛和财富。离开时,我仰头,将双臂伸向天空,张大嘴,却没发出任何声息。

濯缨桥下的玉水,细细浅浅,曲折蜿蜒在青草丛中,我甚至找不见走到水边的路,也就不能像屈原那样,在玉水里洗足濯缨。时光匆促,沧海桑田,不变的,是屈原的灵魂。同学教我认识菖蒲和艾蒿,这才知道,我小时候凭感觉采的那些,都是错的,也才知道,我在家乡根本就没见过这两种草,就像没见过渔船和龙舟。

我举着一支菖蒲剑,在汨罗江边奔跑,我的长发,在风中飞舞,任凭怎么努力,也追不上滚滚向前的历史……

海的女儿

那个小姑娘,七八岁的年纪,乌黑的头发旋结于脑后挽成髻,用象牙筷子簪住。髻外围了三圈将开未开的康乃馨,由外到内依次为粉色、黄色、大红色。紧挨着大红康乃馨插了几束或紫或红的绢花,疏密有致,很张扬地散成扇面状,像开了全屏的孔雀的尾。绢花根部又围了一圈白色鲜菊花压阵,可真是大花小花满头戴,有袖珍花园的气派。她厚厚的齐眉刘海下,一双乌溜溜的大眼,扑闪扑闪的长睫毛,精致的鼻子,樱桃口,蛋

白样稚嫩的圆脸，环在五彩缤纷的花里，实实在在爱煞人！她穿着粉色大裾衫，配朱红色盘扣，右胸前别了大红的迎宾胸花，黑色带小白点儿的裤子，黑皮鞋，右肩挑着涂黄漆的竹扁担，扁担两头各有一篮大红的绢制玫瑰花。她挑着花篮，扭动着小腰肢，迈着小碎步往前走。她一走，头上的花动，篮子里的花也动，花枝乱颤。走五步有人拦她停下拍照，走八步有人拦她停下拍照。开始她还是配合的，按要求摆姿势，微笑，但终于不耐烦，小嘴巴一撅，含了嗔带了怒，恰似晨光里凝了露珠的花骨朵，实实在在可人疼！

可人疼的小姑娘是盛装的小小蟳埔女。她的妈妈走在她旁边，更多的蟳埔女走在她周围。她们都是传统的盛装打扮，梳大同小异的簪花围，穿粉色大裾衫，黑色宽角裤，肩挑花篮。小姑娘，是其中年龄最小的，像一朵大花里的嫩花蕊。她们组成一个粉色调的花篮方阵，以特有的节律，行走在蟳埔村南的滨海大道上。她们前面的方阵是红色调，蟳埔女都穿红上衣，肩挑大红宫灯。她们后面的方阵是黄色调，穿黄上衣的蟳埔女，有的打腰鼓，有的敲铁钹。她们前面的前面还有方阵，后面的后面也还有方阵——跳舞的，举旗的，扛匾的，耍龙的，抬轿的，挑塑料水果或海产品的，捧着燃烧着的高香的……除抬轿、耍龙少数需要力气的是男性，其他都是蟳埔女，各有各的主题与颜色。人稠密，头顶的簪花围也就挨挨挤挤，风吹百花摇，馨香袅袅，团团簇簇迷人眼，汇成流动的繁花的河流，在噼里啪啦的鞭炮声里，在咚锵咚锵的锣鼓声里，在缥缈缭绕的烟雾里，不疾不缓向前去，绵延数里。过大道，进小街，慢慢消失在巷子深处……

这是一场声势浩大的"妈祖巡香"踩街活动，比过年还热闹许多倍。我站在花的河流之外旁观，被这样的场景震撼，思潮澎湃，情绪难平，从心底里涌出神圣不可侵犯的庄严感。

此时，是二〇一二年正月二十九上午。

每年的正月二十九这一天，以渔为生的泉州东海镇蟳埔社区人，家家户户都要洒扫庭院，张灯结彩，置办丰盛的供品，在屋前摆下香案，备好鞭炮，恭迎顺济宫海神妈祖来巡境降福，以虔诚的心祈求妈祖庇护，保佑风调雨顺，国泰民安。这是一场全区人都参与的神圣活动，男女老少都出动，合理分工，相互协作，加深了沟通，乡邻间的情谊也更浓厚。

不管是在这样盛大的活动里，还是在平常生活中，蟳埔女的靓丽都是咄咄逼人的，浑身散发着异样的光芒——因为服饰和头饰的奇丽，因为吃苦耐劳热爱生活的精神，亦因为她们居住的房子蚵壳厝。

踩着满地的红色鞭炮碎屑，离开喧闹的人群，转过新式洋房的楼角，抬眼，刹那间时空移换，来到另一个世界。

这里是宁静沉寂的，脱离了滚滚红尘般，似乎世间一切喧嚣都与之没了关系。几十座蚵壳厝错落在一起，厝与厝间形成或直或弯或宽或窄的巷，巷子地面铺了青石板，整齐洁净。蚵壳厝大都没人住了，即便有人住，也主要是上了年纪的人。他们坐在厝前剥海蛎，织渔网，像做针线活一样。海蛎壳，在厝边堆成小山。老蟳埔女的簪花围，像开在蚵壳上的珊瑚花。

蚵壳厝都是皇宫体样式，一进、两进或三进，三开间或五开间，翘脊飞檐，红砖丹瓦青色石头，最有特点的是墙面叠砌的大蚵壳，灰白色，深浅不一的纹理古旧而清晰，曲曲折折起起伏伏，是饱经沧桑的历史的眼，与之对望，能看见往来于古泉州港的各国客商的忙碌身影，能看见赶海打鱼者搏击风浪的激烈景象，能感知海水的咸涩与冷暖。

蚵壳厝的年纪都不小了，无不呈现出老态龙钟的姿势。尤其是没人居住的蚵壳厝，因为失去人气的滋养，显得特别破败。蚵壳或松散或脱落，墙面也就凹凸不平，瓦楞间和蚵壳间蓬勃生长着各种野草。有一种草是松塔形，颜色或暗红偏绿，或紫红偏绿，或干脆就是玉一样翠生生的纯绿——每片叶子都饱满厚实，圆滚滚胖墩墩，像攒足了食物准备长途行走的旅者。我知道，它们是准备好和蚵壳厝厮守到天荒地老了。草的脚边是已经陈旧或正新鲜着的苔藓，苔藓覆着的，是拱形的或灰或红的瓦，一

片叠一片,排成排,波浪似的在屋顶荡漾。屋顶大都不完整了,这里塌了个洞,那里陷了个坑儿,像蚵壳厝欲说还休的嘴。

我像一只寄居蟹,在闲置的蚵壳厝里游荡,一会儿走进这间,一会儿走进那间,细细看,细细闻,细细摸索。真想就此选一间中意的住下来,不离不弃,走到任何地方都背负着它,在恒久的时光里漫行。然而我的身体最终只能是过客,我所寄居其内的只能是感叹惋惜,感叹蚵壳厝的奇妙,惋惜蚵壳厝的寥落,流连复流连,依依不舍。

任何居所,它本身都是有时效性的,这个时效长短不一,也许几十年,也许几百年,也许成千上万年,最后总会被新的居所代替。就像眼前的蚵壳厝,虽然蚵壳中有天然气孔,融热性能好,住在里面冬暖夏凉,也还是被主人遗弃,旧了,老了,坍塌了,留下残垣断壁,供后人品评怀想,嗟叹唏嘘。而蚵壳厝外围富有闽南特色的新居或新式洋楼别墅,高大气派宽敞明亮,更符合现代化居住方式。一些新居墙壁上镶嵌着的,依然是排列妥帖的蚵壳,是装饰,也是主人对旧居的依恋与传承。不管生活在什么样的居所内,老的蟳埔女也好,少的蟳埔女也罢,她们头上的簪花不变,身上的大裾衫和宽角裤亦不变,如此一代又一代,次第盛开。

我从残破的墙脚边捧起一只大蚵壳,抚去泥尘,贴在耳边细细倾听。壳内传来隐隐约约的呜呜声,像是海风吹,像是鸥鸟鸣,像是浪花翻腾,更像是有人用低沉舒缓的语调讲述久远的传说。它说:宋代有个阿拉伯人,在蟳埔村附近建了座花园,种了许多从西域引进的奇异花木。阿拉伯人经常采下各种鲜花,送给相邻的蟳埔女簪戴,久而久之,蟳埔女也就养成在发髻间簪花的习俗。它又说:从汉代开始,蟳埔女就有在发髻上簪花的习俗。泉州有一出名为《桃花搭渡》的高甲戏,里面就有"四月簪花围,一头簪花两头垂"的唱词,至今还在民间流传。它还说:从前,蟳埔海边的山坡上开满素馨花,花儿来自遥远的阿拉伯。泉州有位水手,因了一朵素馨花,与阿拉伯的公主相识相恋,历经风雨后,两人终于走到一起,白头偕老。如今的蟳埔女，便是他们的后裔——我沉浸在这些古老又新奇的传说故事中，醉了般呆住，不知身在何处，心在何方。

然而，我私下里更愿意相信蟳埔女的先祖是海的女儿。想象中，多年前，海的女儿在浪花间嬉戏，邂逅勤劳勇敢又英俊善良的蟳埔打鱼后生，一见钟情，私订终身，舍弃悠然自得的仙境生活，和后生来到岸上共度凡间岁月。虽然日子过得清苦，却是恩恩爱爱无比幸福，就此繁衍生息。善解人意的后生为解爱妻思乡苦，采来大把鲜花给妻做头饰，把妻打扮成海底世界般缤纷艳丽，又灵机一动，把出海客商为压船从异域带回的大蚵壳装饰在墙面上。这样一来，他美丽的妻每日在蚵壳厝里走进走出，便像当初在海底游来游去一样，海底人间，浑然一体。

是啊，海底人间，浑然一体。你看我对面走来两个花枝招展的蟳埔女——美丽的海的女儿！不是走来，是游来。她们不光游在蚵壳厝间，也游在新式洋房间，游在东海及海之滨，游在菜市场间，游在现代社会的各个角落里……所到之处，波光潋滟，馨香弥漫。

光明之城的魅力

石板路

那个暑假，我是来看望男朋友的。后来，男朋友成为我的先生，我也便跟他一起到这里工作，生活。转眼十几年过去，不管从哪方面说，不管

是我们还是泉州，都已经发生了翻天覆地的变化。然而，我依旧不能忘记初见泉州的那些日子，不能忘记那些走在石板路上，散发着甜蜜爱情味道的日子——

我从中巴车上下来，第一脚踩着的，便是温陵路上的石板。石板都是正方形，半米见方，一块挨一块铺成两车道，从泉州市中心往南北两头延伸。天空瓦蓝瓦蓝，没有云，七月的阳光很强烈，照在路两边的树上，轻风一摇，就忽闪起耀眼的光。树手牵手排成排，在石板路上投下连成片的阴影，走在里面，有一种凉沁沁的感觉。我风尘仆仆的身心，便像沐浴在温柔的水里，慢慢舒缓安静下来。

男朋友所在的工厂，在凤池巷内一座石头房子的三楼。他上班的时候，我坐在他旁边陪着。若抬起头，目光略过窗外层层叠叠高低不同的红瓦或灰瓦的屋顶，就可以看见不远处的农校，里面有很多高大的树，我叫不出名字，它们枝繁叶茂，把学校挡得只剩下几个楼角。天空总是那么蓝，偶尔飘些白色的云，云下面，是绿意幽幽的清源山。

晚上，男朋友不上班，他会带我去街巷里散步。我们牵着手，踩着石板，沿温陵路往北走。我们的影子在路灯下拉长又缩短，缩短又拉长，像重复着的日子，看以平淡，却有着难以尽述的美丽动人的内涵。我们有说不完的话，那些话像夜空里的星星一样多得数不清，像空气里的风一样在石板路上流淌不止。当时温陵路东面没那么多建筑，东湖公园也刚刚开始修建，我们常常坐在依然插着秧苗的公园内，听蛙鸣虫吟，沐明月清风，看稻田那边人家的灯火，像流萤一样闪闪烁烁。那种悠然与甜蜜，是没有办法用语言来表达清楚的。

不仅温陵路是石板路，东街，西街，九一路，打锡街，涂门街，新门街，中山路——它们都是用一块块石板拼成的。由于天长日久的车碾人踩，石板大都磨得光滑得没了棱角，走在上面，有平稳和踏实的感觉。两边的建筑也有了年岁，和石板一起呈现出历史的幽远与深长。也有一些石板错了位,路便也跟着高低起伏起来,车子碾过,发出咯噔咯噔的响声。人走上去,不小心就会绊个趔趄。我最喜欢去的是中山路。路两边是一家挨一家的服装店。我在这些令人眼花缭乱的服装店里试穿衣裳,试了一件又一件,纵然不买,听听男朋友的夸奖,也是幸福和美好的享受!还是买了一件纯白色的连衣裙,裙摆宽大,长过膝盖,荷叶形袖子,面料柔软,垂感强。我穿着它走在街上,有风拂过,袖和裙摆飞展开来,像一朵开在石板路上的白色荷花。石板路上开花?对呀!石板路上开了很多花的,你看,她们就是穿着各色衣裙的女子。她们从过去开到现在,还会开到没有尽头的将来。尽管那个时候两边的建筑或许已经改变了容颜,石板路也已经成为别的材料的路。

事实上,十几年过去,到如今,刚才我说的那些街道上,石板早就不见了,都换成光滑平整、宽阔的水泥路,成了三车道,四车道。只有一些偏僻的小巷里,还能看得见石板的影子,它们依然保持原有模样,悠远深长,深沉孤寂,不言不语,是石板路活的记忆。

小巷

泉州有太多的小巷,曲里拐弯,像相互交织的线,组成一个网,把一户户人家连接在一起。

我跟先生到泉州后,和他在同一个厂上班。我们租住在桂坛巷一户人家。闲暇时候,我喜欢和先生在巷子里慢慢走,从桂坛巷走到南俊巷,再到承天巷,再到花巷,再到别的叫不出名字的巷。巷子长短不一,宽窄不同,都铺了石板。巷子两边的房屋大都是陈旧的。有草籽随风飘落到灰的或红的瓦屋顶,也落到高低不同的墙头,生出或疏或密的野草,在风里摇摆不止,让人想到旷野,想到地老天荒。岁月剥开土皮墙,在墙体上挖出深深浅浅的坑,露出里面的碎石碎瓦或蛎壳,像时间走过留下的脚

第二辑
赶潮的鱼

印。那些盆栽植物，错落在人家阳台上或院子里，不管是开花的，还是不开花的，即使冬天，也都生机勃勃，盎然向上。也有一些新楼，建成别墅模样，造型新颖别致，红砖绿瓦，明亮光鲜，突兀在那里，像木秀于林。我和先生走在这样的巷子里，看新旧建筑相映在一起，像一下子穿越了时空，从过去跨越到现代，有些不知今夕何夕。

淅淅沥沥的小雨天，和先生共撑一把伞，走在巷子里，更是别有一番情趣。石板路被雨水打湿，闪着柔和润泽的光，能照出我们的影子。小雨点打在伞上，还有我们的脚踩在石板上，发出轻微的啪啪声。有一户人家的墙角，伸出几枝三角梅，紫色的花儿开得满满当当，恰似紫色的云霞。恍然间，会不自觉把它们当作紫色的丁香，想起戴望舒的《雨巷》。雨中的小巷是悠长悠长的，然而没有孤寂，我身边的他，是拥有一个丁香一样的姑娘的。任何一个女子，在深爱她的男人眼里，都是丁香一样的姑娘！因而，雨中的小巷里没有忧伤，有的只是幸福，只是甜蜜，只是对美好生活的感慨与感激。

忘记是哪一年，南俊巷拓宽了，铺了水泥，变成南俊路。花巷、承天巷和桂坛巷虽不曾加宽，石板却不见了，代替它们的自然也是水泥。如今，偶尔走到一条石板铺成的小巷里，便像回到旧日时光，回到那些走在石板路上，散发着甜蜜爱情味道的日子。

东湖秋语

泉州的冬天，是浮皮潦草的，冷得再厉害，也超不过北方的深秋。因此，当我在冬天带孩子去东湖公园时，看见那些繁茂的花与树，还以为时令停留在夏天。

东湖公园北边，靠近围墙那里，有一小片刺桐花树林。树都不大，自由伸展的枝杈上，长着疏密不一的心形叶子。叶子颜色除了绿，还有不同层次的黄：成熟老练的深黄，柔软细腻的中黄，纤巧透明的柠檬黄。它们都在薄凉的风中摇摆，摇着摇着，就有一片掉下来。叶子掉下来的时候，我听见轻轻的、若有若无的脆响，像一声叹息。叶子打着旋儿，以蝴蝶的姿态翩然翻转，最终，在地面静止。落在地面的叶子不少了，层层叠叠，快要遮严面色苍白的草坪。我在林间慢走，孩子在林间疯跑，踩在落叶上，脚下传出咯吱吱的响声。风从身边略过，叶子在身边飞舞。黄昏的阳光斜照过来，把树的影子拉得好长，把我的影子拉得好长。心头涌起一股亲切感，似乎看见乡间的玉米、花生、红薯、大豆——饱满诱人，颗粒归仓。

湖里的荷，依然有密密的叶。错落有致的荷叶挡住湖水，只是找不见叶间盛开的花儿，亦没有新生叶的尖尖角。荷叶都苍老了，叶茎也苍老了，折断，倾斜，歪倒。便是直直挺立着的，叶片周围也开始枯萎，打卷儿，像老人满头灰白的不再润泽的发。荷叶是不落的，至死，也和茎连在一起，同荣，同枯。用来比喻不离不弃的爱情，很合适。有风吹过，荷叶间一阵窸窸窣窣，从湖这边传到湖那边去，以闪电的速度。想起那句：留得残荷听雨声。

湖边的柳，大部分叶子还是绿的，绿得深沉，沧桑。枝条依旧跟着风舞，只是有些沉重僵硬，不像早先那么柔和轻盈。是因为藏了三个季节的秘密，丢不下，所以才沉重吧。落叶是轻松的，它们放下曾经的所有，或随风旅行，或静静躺着，什么也不想。

紫荆花树长得很高大，叶子很密，黄绿相间的叶子中间，开着一团团紫色或白色的花儿。风来的时候，黄叶和开谢的花儿一起落下，像彩色的雪。木芙蓉花白里透粉，扶桑花艳若彩霞，娇嫩如人面，在枝头摇曳生姿，像一群仙女。在秋天，看见落叶纷飞，又看见花儿灿烂，感觉很奇怪，就像在咀嚼失望的苦时，又感觉到希望的甜。人生也便是如此吧，起点和终点，没有界限。

耳边，似乎响起克莱德曼的钢琴曲。我和孩子都变成其中的音符，铮

第二辑 赶潮的鱼

铮淙淙,整个公园里,到处都是秋日的私语。

黄昏落日钟声远

喜欢在秋日,或约三两好友,或陪先生和孩子,一起去爬清源山。

上山的主路有两条,一条陡峻,一条平缓。一陡一缓间,便有了不同的景致。就像人生路,选择不同,经历也就不同。然而山路不是人生路,人生路只能走一次,山路却可以走很多次,还可以这次走这条,下次走那条,不同的风景,尽收眼中。

自然,两条路我都走过,喜欢陡的刺激,也喜欢缓的悠闲,喜欢看风景,也喜欢看穿行在风景里的人。我走在山路上,人们与我擦肩而过,或是上山去,或是下山去,能闻到汗水味儿,能听到或轻或重的喘息、对话和笑声,还能看见他们红通通的脸,还有额头的汗,一滴滴掉落在山路上。人们大抵都是快乐的,不管是谁,不管年龄、性别、职业,来到山上都有了共同目标,一则游山玩水,一则强身健体。行走在大自然里,即便是满怀惆怅,也能和身边的景物融合在一起,渐渐心平气和起来!走到半山腰,抬头向上看,或转头向下看,路弯成之字形,人们也走成之字形,会联想起蛇,会联想起蚂蚁,人与蛇,人与蚂蚁,究竟有多少区别?

山上有松树,有相思树,有枫树,有榕树,还有一些我叫不出名字的树,灌木与杂草夹在其中,野花放纵地开,花香若有若无。我总会多看几眼长在岩石上的榕树,去抚摸它们纠结在一起的根,看那些根把岩石紧紧抱住,想象那种对生命的执着、力量与坚守,无端地感动。枫树叶子,有的全红了,有的将红未红,有的依然碧绿,从青涩到甜润,一树皆滋味。松树常青,此山不老,而相思树,在想谁呢?

路窄而长,树高而密,有些深不可测,秋日的阳光,透过枝叶洒下来,路上便有了大团大团的光斑,空灵通透,白而细腻,像瓷,像月光,让人怀

疑是在夜里。秋的温度，在周身蔓延开来。路边偶有小贩，将自家种的萝卜白菜之类的小菜拿来卖，皆都娇嫩青翠，惹人喜爱，不由自主就想挑一些，回家炒一盘绿色菜肴，必是胃口大开。也有小贩摆简陋的桌子板凳，卖些地方小吃，于是有人围桌而坐，细品慢饮，聊个海阔天空。若想躺一会儿，小贩也提供网状吊床，拴在两棵树上，悠悠荡荡，一梦入天涯。可怜的树！

不觉已到山顶，可去天湖赏波光潋滟，可去茶座慢品香茗，可去南台岩寺上一炷香，也可随心所欲四处走走。曾毁于大火的南台岩寺，凤凰涅槃，如今更加金碧辉煌，香火更加旺盛。悠悠梵音里，依着寺前不远处岩石上的栏杆，向下俯瞰。此时，已是黄昏时分，远山如黛，太阳将落未落，光滑圆润，艳如红果，整个泉州城笼罩在暖黄色的光晕里，高楼大厦林立，街道纵横交错，西湖如镜，晋江如带，霞光满天，天地相接。忽闻南台岩钟声响起，一声，两声，三四声，声声浑厚悠远，缠绵深长，直入心魄。钟声惊飞鸟，鸟声绕耳鸣。

我也是一只鸟，我展开双翅，飞向天边去——

桥

泉州城南，有两座古桥。

我不止一次从北宋留下来的古桥上走过，也不止一次从南宋留下来的古桥上走过，我的脚印覆盖在前人的脚印上，也覆盖在木车轮和橡胶车轮留下的痕迹上。我能感觉到古桥的苍老和疲惫，能感觉到古桥的颤抖和喘息。我站在古桥身上俯瞰晋江水，看见晋江水随东海的潮起潮落改变着流向，退潮的时候，江水往东流，涨潮的时候，江水往西流。江水里倒映着古桥的身影，风烟滚滚，日升月落，转眼，已近千年。它们是宋朝留下来的两个脚印，镶嵌在历史深处的路面上，听得见深沉的呼吸，看得见苍

第二辑 赶潮的鱼

茫的容颜。

这两座古老的桥，便是浮桥和顺济桥。

历经近千年风雨的浮桥和顺济桥，从一九九八年开始，先后出现故障，先是轻，再是重，几年之后，相继走到生命尽头，断塌了。它们残存的肢体，仍旧稳稳抓住脚下的土地，用执着和沧桑，诉说昔日的辉煌与繁华。岁月带走的，是它们年轻的容颜，带不走的，是它们承载的从古到今的历史文化印迹。青春有限，生命有限，而功勋，是永恒的。

泉州大桥，是晋江流域泉州市区段拥有的第一座现代化钢筋混凝土拱桥。它大大减轻了浮桥和顺济桥的交通压力，成为连接晋江两岸的重要通道。改革开放后的泉州，经济发展迅速，泉州大桥上的车流量增加得也很迅速，很快便超过最初的设计交通量。为缓解泉州大桥超负荷状况，刺桐大桥也修好通了车。

接下来的几年时间里，泉州又相继修建了顺济新桥、高速公路沉洲特大桥、笋江大桥。而晋江入海口处的晋江大桥，是目前晋江流域泉州市区段的第八座跨江大桥。这座泉州乃至福建省内堪称第一的大型斜拉桥，也是世界首座"开"字形斜拉桥，它不光连接了晋江两岸，还连接了沿海大通道和省道，实现了泉州市过境车东进东出，减少了车辆噪声和尾气对市区的污染，缩短了泉州后屇到陈埭仙石村的距离。使泉州市区与晋江、石狮、惠安、泉港之间的联系更紧密、便利、快捷，方便了中心市区对外延伸，对建设海湾型城市，改善泉州交通条件和投资环境，起到了积极促进作用。开车行驶在桥面上，车身平稳得像是静止的，只看见桥栏快速向后退去。"开"字两横的两端微微上翘，有无限延伸的张力。粗粗的斜拉钢索以"开"字两边为中轴，呈放射状散开，像阳光一样洒在桥两边，很温暖，也很安全。整个"开"字挺立在桥中心，像高大宽阔的门，似乎车子一驶过去，便到了另一个崭新世界。"继往开来"，这是多么深刻的寓意！站在桥上的观景台，东可看日出，西可看日落，波光粼粼处，高楼大厦林立的大泉州向四方铺展开去。蓝天悠悠,白云飘飘,江水滔滔,海水茫茫,见证了这座光明之城,从遥远的古代一路走来的起落沉浮。

今天,在江滨路看晋江上的古桥与新桥,还有令人眼花缭乱、四通八达的引桥与匝道,感受泉州城从枯到荣翻天覆地的变化,叹时光匆促,赞盛世昌平。两座古桥,走过近千年沧桑岁月,现在终于可以安心休憩。六座新桥,或宏伟壮观,或高大奇丽,或如飞鹰展翅,或似猛龙过江,又像承欢在古桥膝下的儿孙,年轻、现代、时尚中继承着先辈的光荣使命,并发扬光大,将晋江两岸连成一个和谐统一的整体。这些桥,如一条条镶了宝石的玉带,在蜿蜒曲折的晋江上熠熠生辉。以体育和休闲相结合的江滨公园,争奇斗艳在桥与桥之间的江边上,和海滨大道上的带状公园连在一起,桥在景中,景在桥间,形成一个绵延十数公里的风景线。

光明之城的魅力

泉州,这座海峡西岸上的光明之城,吸引我留下来,除去爱情,她还有什么魅力?是她的石板路?是她的小巷?是她的那些四季不败的花儿?是她依清源山,傍东海,伴晋江的动静相宜?是她源远流长,古老辉煌的历史?还是她迅速腾飞的现代化经济建设?

这是一个多项选择题,我拿起手中的笔,在每一项答案后面,都打了一个造型优美的红钩。

七个音符，一部人生

　　洛阳桥横跨在洛阳江上，从天而降的巨龙般，虽静卧而憩，亦不失威风凛凛的气派。洛阳江水潮起又潮落。低矮稠密的红树林依江岸绵延开去，参差错落地绿。几只白鹭翩翩然，优雅地飞起又落下——时光，在这样的空间里辗转流逝，沧海桑田，刹那间已然近千年。

　　历史知识贫乏如我，一直以为，洛阳桥在北宋中期泉州郡守蔡襄的主持下历经六年多建成后，便任凭风吹雨打岁月侵蚀，到今天依然稳稳当当保持完整与坚固，方便了南来北往的客。最近才知道，其间还有数次维修，而最大的一次维修用了三年时间，花费金银几百万两，动用人工成千上万，将桥墩增高近六尺。修缮完工之后，即便有再大的风浪，也不能淹没桥面，更不影响人车通行。这么大的工程与花费，不是当时的明朝宣德政府买单，而是一个叫李五的人独自出资而为。我也才恍然大悟，怪不得洛阳桥桥墩的下部分和上部分用的条石大小不同，下面的宽大，上面的窄小，从而有了宋墩与明墩之分。

　　李五，多么普通又土气的名字！好像在说跑龙套的配角张三李四王二麻子一样，恐怕长相也是模糊不清的，混到人群里，眨眼就再也找不见了，很难让人联想到他与什么大作为有关系。然而，他却是彼时的大富商，大善人，做了很多利国利民的好事，留下众多脍炙人口的精彩传说，口口相传到如今，令人感叹唏嘘不已，不由心生敬仰。

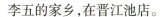

李五的家乡，在晋江池店。

曾乘车从池店经过，并没看出其有什么特别之处。我以为那是一个普通的村镇，就像其他众多普通的村镇一样，住着些普通的老百姓，过着普通的日子，在恒久的时光里自远古繁衍生息而来。倒是有一个古代人的白色石雕像，高高地站在街头花园的显眼处，高冠长袍，一手背在身后，一手握书卷于胸前，面目慈祥和善，给人印象深刻。后来才知道，这塑像，居然便是李五。

徒步走进池店曲里拐弯的小巷子里时，天空正飘着星星点点的细雨，打伞也好，不打伞也好，都自有一番情趣。巷子里的路由石板铺成，走上去嗒嗒嗒响。石板被细雨打湿了，闪着润泽的光。巷子边的建筑有新式的，颇具现代化气息，也有老式的，看得见岁月打磨过的印迹。绿色植物点缀其中，春意深浓，青翠益然。

没走正门，走的是近路，穿过一条狭窄逼仄的陈旧过道，进入一个古老的大宅院，是李五的九落大厝。厝里早已没人居住，亦没有人看护打理，几百年的风雨侵蚀，自是破败不堪。有的屋顶塌落下来，房梁斜倾于地面；也有的失了火，残垣断壁被烧焦熏黑；屋瓦间、墙头上、院子角落里，遍生野草，夹杂着一些低矮的灌木，在四月水汽氤氲的天光里，开着各色细细密密的花儿，像是携了香味的音符，在厝间起伏萦绕，天籁般，轻声吟唱和大厝有关的过去的故事，缠缠绵绵，无绝期。大厝虽如此残破，却难掩昔日的辉煌与气派，就像迟暮的美人，哪怕皱纹堆叠，也依旧风韵犹存，眼角眉梢，看得到年轻时的倾国倾城。

当年的李五，是用什么方式积累了巨额财富，以至于建了这么庞大的一处院落？

都说时势造英雄，然而不管什么时代，也不管当时有什么样的时势，那个出类拔萃的人，都需要有与众不同眼光和气魄，才有可能在天时、地利、人和中脱颖而出，成长为杰出人物，并因自身独特的为人处世方式，教

第二辑 赶潮的鱼

人念念难忘，世世相传颂，千古流芳。

李五，便是一个有与众不同的眼光和气魄的人。其实他的本名叫李英，字俊育，号自然，因为在兄弟中排行第五，也就被人亲切地叫成李五了。

遥望明代泉州南门外，池店及周围村庄沃野千里，水路和陆路四通八达，交通极其便捷。这样的优势摆在每个人面前，却只有李五看见商机。他动员乡人遍地种植甘蔗，收割后榨汁熬成糖卖给他，他再用船装了，辗转销往海内外，赚取差价。特别是江苏、浙江、京、津——到处都有他贩卖去的蔗糖，还有个好听的名字，叫"凤池糖"——那个时候，池店还不叫池店，叫凤池。船装了糖出门，空船回程自然增加成本，他便从北方买了棉麻与蚕丝带回家乡，分发给四乡八邻的妇女纺织成丝绸布匹，再把织好的丝绸布匹收买来，转销海内外，赚取差价。

遥想当年的泉州城，有号称东方大港的刺桐港。每一天，港口都有各国客商云集，有各国商船云集。川流不息的船工们喊着"嗨哟嗨哟"的劳动号子，把成批的货物卸下船或装上船。在那些成批装运的货物中，该有多少是属于李五的呀！他的丝绸布匹及其他货物乘船跨海出洋，辗转到达异域人手中，丰富和美化了异域人的日常生活，也参与和见证了海上丝绸之路起点的忙碌与繁华。

李五便是靠这种做生意的方式慢慢积累了大量财富，才能修大屋，建大厝，改变了自己及家人的生活，光宗耀祖。他既成富人，却没有为富不仁横行乡里，虽富甲一方却依然保持简洁纯朴的生活方式，与乡邻融洽相处，扶困助贫，疏财济世。正如独乐乐不如众乐乐。

他乐善好施，最典型的是开仓赈灾，施糖救人，施药济世；他出资修桥铺路，最典型的是修洛阳桥和吟啸桥；他出资兴修水利，最典型的是葺六里陂和重修三河沟；他修庙建庵，最典型的是重建东岳庙，建桂岩庵；他重教育，出资建学院，最典型的是创办桂岩书院；他孝敬双亲，每次做生意回家都要为父母买礼物，一有空闲就守在父母身边和老人谈心，嘘寒问暖。这样的以身作则和言传身教，直接影响和教育了后人，整个家族尊长敬老自然成风。即使后辈风流云散各自迁移到国外或国内其他地方繁衍生息，这样的家风也依然源远流长，不丢不弃。

若要把李五做的所有好事善事的细枝末节说完，只怕几天几夜也说不尽，他那些富有传奇色彩的过往，也像这满厝的花儿，细碎的星星一样，虽然粒粒清晰，却难以数清。他像一个圆的圆心，不断把智慧、善良、大爱散播出去，荡起一圈又一圈涟漪，不止不休，不仅波及和他同世的人，也波及今世的人，并将继续波及后世的人。

一个人，若只会赚钱，只会和钱打交道，只会把钱用在合适的位置，也就只是个呆板无趣的商人了。然而李五不仅善于聚财散财，还善于摆弄乐器陶冶情操。他自幼喜爱南音，专门拜师学艺，熟练掌握了南音中不同乐器的吹弹技艺。尤其是洞箫吹得好，音质浑厚悠远，缠绵悠长，醉人心魄，人送雅称"闽南第一箫"。更神奇的是，机缘巧合间，他还因吹箫躲过一场生死劫难。

李五是不俗的人，他的后人自然也是人才辈出，且不说其他人才，只说其中的第十四世孙李焕之先生，是我国当代著名的作曲家、指挥家、音乐理论家和音乐活动家，为中国音乐事业的发展献出了毕生精力，作出了杰出贡献。他的那些重要作品，比如歌曲《保卫黄河》、《青年颂》、《我们齐声歌唱》、《胜利进行曲》、《社会主义好》——实在难以尽数，大都曾被众口传唱，家喻户晓，人人耳熟能详。谁能说，李焕之先生没有继承先祖李五音乐方面的天赋！李五若有知，见后辈在音乐上有如此高深的造诣和巨大成就，定是万分自豪和骄傲的。就像他的后人因他不俗的一生而自豪和骄傲一样。

李焕之先生歌曲做得好，书法也非常了得，在他池店纪念馆的墙上，贴了他八十岁生日时随笔写下的"七个音符，一部人生"这样八个字，用

来概括自己的一生，笔法老到，苍劲有力，又隽秀飘逸，内涵诗意、浪漫而贴切，可见是性情中人。其实，这八个字也正好能概括他的先祖李五的一生啊。李五用"乐善好施，热心公益，急公好义，仗义疏财，孝敬父母，造福桑梓，泽被子孙"为音符，以七十二年长长的岁月为五线谱，精心谱写和演绎了自己圆满唯美的一生，是那个时代里引人注目的一部好作品，直到今天也依然令人百看不厌，交口称赞，鼓掌欢呼。

细雨还在飘，落地无声，空气清爽而温润，把李五的九落大厝笼住，平添了一种朦胧神秘的韵致。静静地站在厝内，平声敛气，仔细倾听，仿佛有洞箫声声自几百年前传来，悠远而婉转，柔美而缠绵，丝丝入扣，极具穿透力，直教人心醉神迷，不知今夕何夕。

清风抚过摩天岭

没有哪座山，能比人的双脚高。更何况，我是山里出生，山里生长，又在山里疯跑惯了，即便离开山很久，也不会惧怕突然碰上的一座山。就像眼前的摩天岭，虽然被形容成壁立千仞，高可擎天，也不过是一座山罢了。无须涂防晒霜和打伞，我喜欢让太阳光在皮肤上奔跑跳跃。无须换运动装束，我喜欢以任何状态走进山的视野。我了解山，我相信，山也了解我。

就此上山。

路是石板路，自然形状的石头拼在一起，依山势，或是平铺，或是台阶。年代很久远了，石头被层层叠叠的脚印打磨得没了棱角，像被岁月打磨得没了脾气的老人，沉稳平和，让人心安。偶尔有几棵杂草，散居在石缝内，和路外漫山的绿相呼应，一切便都融合起来，成一个整体。路外那些绿，高的是树，矮的是草，不高不矮的是灌木，其间缠绕些藤萝，开了些碎花儿，蜂儿蝶儿翩翩然。风动叶摇，厚厚的阴凉自高高的密集的树梢垂下来，人便像游在清澈的水里，舒朗爽润。头顶，绿之外，是蓝盈盈的天，白幽幽的云，午后的阳光带了透明翅膀，在绿之上跳舞。

山势渐行渐陡，开始喘息，也出了汗。拧开瓶盖，喝几口水润嗓子。同行的 L 提醒，上山，人体内储存的水分足够消耗，哪怕再渴也要忍住，等到了山顶或下山，人体急需补充水分，彼时若没了水，容易发生危险。此是良言。便把瓶盖拧紧，忍了干渴，且把水留到山顶和下山。

沿路随处可见草药，有的直立，有的匍匐，有的攀缘，或只是绿叶，或也开了好看的小花儿，在野草间闪着异样的光。一株穿山龙旁边，淌了一眼小拇指那么细的泉水，水从石缝里涓涓而出，集成巴掌大小的洼。澄而净，无声息。许是因为太小，无人关注，也就无名无姓。且叫她袖珍泉，或小拇指泉吧。但她一定也和著名的长寿泉、连翘泉、马刨泉一样，融了各种草药的能量，从千年以前渗透流淌而来，有延年益寿、预防疾病的保健功效，是长寿村人长寿的根源。

再往上，石台阶消失，只剩山的本色，走的人多了便有了路。更陡更窄，也光滑，需拉住树枝或攀住石头才走得稳。走几步就要歇一歇，喘口气。植物几乎把路挡严实，稍慢些，被落下几米，便只听人声不见人影。正累得筋疲力尽，不知如何是好，路突然平缓起来，像荡在半山的细绳儿，掩映在浓重的绿色里。路面覆满沉年落叶，踩上去厚而柔软，有的路段仅容一只脚，需万般小心，防止滑倒跌下山去。林更深树更密，举头难见天日。寂静，若无人说话，便只听见鸟叫，自己的呼吸，甚至心跳声，仿佛与世隔绝，出离了滚滚红尘，虽有同行者，亦不免心慌意乱神不定。

上一个斜坡，可算走出浓荫路，长吁一口气，豁然开朗。

仰望高处，似有人拿了剃头刀，把乔木都剃了去，只剩灌木与野草，其间裸露层次错落的岩石，太阳光哗啦啦直射在上面，晃人眼。之后的路，便都倚在这几乎是直上直下的山崖上，即使手脚并用攀爬，也总害怕不慎失足。千百年以前的生意人，他们从河北往山西去，或从山西往河北来，走的就是这条"茶马古道"吗？这样的陡坡险路，什么都不带尚且步履艰难，更何况带了货物，肩挑还好，若是用牲口驮，那四蹄着地的马或驴，负了重，是怎么攀过这长长的悬崖路的？这样一想，似乎听见急促的驼铃声，马嘶驴鸣人呼喝，更觉心慌气短，双腿打战，路漫漫兮无尽头。

终于攀上最后一个石崖，迎面而来的风里，铺展开的竟是缓坡状的百亩草原，浓浓淡淡的绿，星星点点的花儿，半坡两棵矮树，坡顶一座玉皇庙，就好像哪个艺术家绘出的巨幅油画悬在半空。不由感叹摩天岭的路，或平或陡或险，恰似一支古琴曲，婉转激扬中一叠三叹。走到玉皇庙，也就到了摩天岭顶峰。以一千七百多米的高度俯瞰四方，巍巍太行，群峰各展姿态，跌宕起伏，好似无涯之海翻着滔天浪，疾奔向远方，势如破竹，胸中涌起"力拔山兮气盖世"的万丈豪情，也想生双翼，如岭前展翅盘旋的雄鹰，翔于长天厚土。

脚下的摩天岭，是晋冀豫三省交界处，一鸡鸣而三省闻，是三省客商必经路，也因一夫当关，万夫莫开的险要，是兵家必争地。寻一块石头坐下，喝几口水，闭了双眼，耳听风声，昔日幕幕恍然而现：唐会昌四年，昭义镇节度使刘稹叛乱，朝廷派军从山西左权经摩天岭到河北武安镇压；穆桂英破天门阵之前，在此操练三军人马；明崇祯五年，李自成领义军，经摩天岭打败明末名将左良玉；抗日战争年代，刘伯承将军率八路军一二九师，翻越摩天岭打败日寇，收复晋东南巩固了太行山——战鼓响，号角鸣，云烟滚滚旌旗猎猎，杀声震天。俱往矣！尘埃落定。唯有摩天岭巍然屹立，惯看人间冷暖秋月春风，洞悉世事的心境，如汩汩涌泉清澈澄明，只是，他什么也不说。

下山，走的是另一条路，其中一段在山西左权境内，又陡又滑，还铺了尖头尖脑的碎石子儿，更要万分小心才不会出溜下去。L说，这样的下山路，要侧身走，左侧一会儿，右侧一会儿，才能掌握好平衡，不至于摔跤。按他说的去做，果然稳当了许多。到山西与河北分界处的峻极关，天色已黄昏。千年古关口和摩天岭一起，见证过茫茫历史风烟，连关口内斜坡处风化的砂都是血红色，谁能说，那不是昔日阵亡将士的鲜血染红的？再走，又见到石头路。一块一块的石头紧挨在一起，拼成七到八尺宽的S形弯道，蜿蜒在山体上，杂草长满石间缝隙，几乎将路淹没。原来，这才是三省客商走的古驮道十八盘，并不是之前上山时那条，怪不得这里的石头表面更光滑圆润，印了更多的旅人痕迹。因为有上山路的险峻，再看这十八盘，倒感觉平坦悠然了很多。

为拉近上山距离，十八盘曲线之间新砌了直线台阶，近是近了，却走得腿发软。L说，下山走石台阶，也要左右轮流侧身走，减轻双腿下压时的重量，才不会拉伤肌肉导致腿疼；爬山，鞋大了不好掌握平衡，鞋小了会把脚趾头挤伤，只有刚好合适的鞋，最好是运动鞋或布鞋，再加上柔软舒适的休闲衣裤，才能走得灵活，稳当安全；保护好自己，是对自己的尊重，也是对山的尊重。闻此言心中一震，低头看看自己时尚的皮凉鞋，裹了薄纱长不及膝的窄摆连衣裙，想到一路几次险些跌倒，后怕与愧疚之情油然而生。我的双脚虽然比山高，但是，我真的了解山，知道怎么和山相处吗？

到山脚，终点与起点重合，已是暮色四笼。想起上山前在山门口，验过门票，还要检查是否带了火种，再签上大名方能进山。突然羡慕起摩天岭的幸福，他身边的人多么有智慧！不仅仅靠山吃山，还了解并爱护山，是因为他们懂得，要得到就得先付出，只有先爱护山，才能靠得住，才能靠得久远！

回首仰望，清风正抚过摩天岭，植被葱茏，万叶婆娑，是他微微的笑。

赶潮的鱼

涨潮了。

海面似乎没什么变化，一如既往起伏着波浪，在黄昏的天幕下闪耀深浅不定的光晕，像有人用天鹅绒般光滑柔软的嗓音哼唱古老的歌谣，低沉舒缓，极具穿透力。

海岸线很长，看不见尽头，长波短浪无休止地涌向岸边，像一丛又一丛极速盛开的会奔跑的琼花，这丛未谢那丛又开，轮番冲刷平缓的海滩。有人试图在沙上留下什么，写写画画，挖洞，堆城堡，围水塘——然而一个浪头打来，就像被世界上顶级的泥匠涂抹过一样，什么坎坷都没有了，只剩下平展展的沙滩，谁也休想留下哪怕半个脚印。虽如此，人们还是乐此不疲，更加发狠地写写画画，挖洞，堆城堡，围水塘——

人们以各种方式和海水接触，游泳，水仗，扑浪花，不管是否湿了衣裳，笑闹声惊叫声不绝于耳。有人游到海浪之外相对平静的海面上了，橘黄色的救生气球若隐若现，叫旁观者捏了把汗。也有人只是静静地站着看海，微笑，或面无表情。谁也不知道，他们平静的面容底下有什么样的思绪翻来滚去，就像不知道海水深处有什么力量聚散一样。

我也静静地站立，双手叠于腹前，两眼凝视着海和与它相关的一切，像一棵树。海风从南来，吹拂着我的发丝衣角，簌簌有声。我原本打算向海倾诉的，却又很难把生活中的困惑、事业中的迷茫，还有其他乱七八糟的思想梳理清楚，它们在我心里搅成一堆乱草，石头一样沉重，我不知道从哪里开始说起。也就只好沉默。

风大了些，扑上岸的浪跟着增加了高度和力量，人们的笑闹声惊叫声也更响了。我的长裙被一丛高高的浪花打湿，贴在皮肤上，再也飘不起来。

我低下头，看扑上沙滩的海水。扑上沙滩的海水裹挟着密密麻麻细小的沙，像狂风掀起土黄色的烟尘，万马奔腾般混沌一片。然而一旦海水往回退，沙粒们便迅速沉了底，就好像它们从没浮起过，海水也即刻变得像水晶一样清澈透明。不经意间，我在这清澈透明的水里看见一抹细影子，一两寸长，以极快的速度行进。我刚意识到那是一条小鱼，它便消失在深水里。我突然兴奋起来，不再保持树的姿势，而是放松身体，弯下腰走来走去，仔细在一波又一波回潮的水里寻找。水退得很快，鱼的颜色又和沙的颜色差别不大，只是稍微暗那么一丁点儿，因此，找到它们并不容易。找到不容易，要抓住更难。尽管我一看见鱼影儿便拢起双手左堵右截，一捧下去，手里却往往只有一半沙一半水，小鱼儿早不知跑到哪里去了。有时分明捧在手里了，喜悦的花苞还没来得及开成花儿，那鱼儿早一个打挺儿，闪着银光翻入水中，再不可见。我像个孩子一样专注于这个游戏，在浅浅的回潮中慢慢寻找，快速捕捉，顾不得头发散乱，顾不得皮肤和衣衫粘了沙，顾不得别人拿什么眼光看我。

风浪更大了，天色也更暗。然而潮头再大，总有落时，潮水再浊，总有清时，太阳落下，总有升起时。在一波又一波潮水里扑腾的鱼儿，练就了应变心，面对那么大的海，它什么都不怕。

我抬起头，目光向西，看见逆着斜阳的海岸线跳跃着金红色的光斑。我摸了摸脸，发觉自己在笑。我掂了掂怦怦欢跳着的心，发现它变轻了。那些堆叠在心头的沉重的乱草，它们到哪里去了？我转头看海，它深邃的表情耐人寻味，对我的疑问不置可否，只把一丛高高的浪花打到我身上。就在这一瞬间，我一下子懂得，虽然我从没开口说话，海却早就明了我的心事，那赶潮的鱼儿，便是它满含哲理的解惑呀。

阿良和土楼

　　阿良是我和先生的同学，毕业后断了二十年音信，去年才在网络上有了联系。阿良老家在漳州平和县下北村，在深圳创业的他，只有过年才带妻儿回去小住几天。我和先生趁这个机会，去和他会面。

　　有些发福的阿良从网络上走下来，我透过二十年岁月，又看见那个翩翩少年站在面前，一点陌生感也没有。吃过午饭，阿良带我们去看他家的土楼。曾经去永定初溪看过土楼，因起身晚，又走错了路，到地方已是黄昏，走马观花也没看完，就带着遗憾离开了。如今有充足的时间重看土楼，自是欣喜万分。天气晴好，阳光明媚，没有风。阿良带我们走在曲折逼仄的村巷里，讲他的童年趣事。新楼旧屋的投影，从身上滑过，像岁月，悄无声息。

　　阿良家的土楼是祖上两兄弟合建的，有二百多年历史了，具体建在哪一年，他也不清楚。后来两兄弟子孙兴旺，便分了家，各自占了楼的一半。楼是圆形，建在一个高台上，虽已坍塌过半，却依然能感觉到它的阔绰气派。从完好的部分看出，墙基是用不规则石块砌成的，墙基之上是土坯，土坯之外的墙皮，于经年风吹日晒中所剩无几，覆在屋顶上的木檩黑瓦，也满是时间走过留下的痕迹。门没有了，门框还在，是厚重的条石砌成，分三层，内外两层是长方形，中间上面部分是拱形，三层加在一起有一米多厚，这也是墙的厚度。内层门框中间，一左一右相对两个二十厘米的正方形洞口，左面的浅，右面的深不见底。阿良比画着说，深洞是放门插的，门插是整根木头做成，门是整块厚木板做成，门关上，再把门插伸到左面的浅洞里。这样，厚实的墙加上牢固的门，就可以防土匪了。我这才知道，为什么土楼外墙底层没窗户，上面的窗户也很小，原来都是为了防土匪。

门框上方，题了阴雕繁体"眷阳楼"。这是一个让人心生亲切的名字，像此时照在门口的阳光，还有门旁盛开的油菜花，温润舒适，看得见一个大家族的和睦相处。走进院子，眼前是残屋剩瓦，干柴乱草，不免心生凄凉。和大门相对的祠堂是完整的，有修葺的痕迹。从祠堂右边到大门附近的屋子都没了，原址做了菜园，各种蔬菜青翠碧绿。阿良指着祠堂后面一间三层楼房说，整座土楼，只剩下那间是完整的了。是的，在余留的左半边屋子中，别的都只剩最底层，唯有它倔强地屹立着，沐雨听风，孤孤单单，于寂寞中回忆往事经年。院中的老井，用四整块大理石，交错围成方形围栏。井旁堆了坍塌下来的瓦片，瓦片旁架了晾衣竿，晾衣竿上晒着大人孩子的衣裳，有摩托车停在院子中间，三只出生不久的小狗，伏在墙根下的乱草中打盹。两扇被时间浸润得陈旧喑哑的木门，吱呀一声打开，男女主人走出来，用客家话和阿良打招呼，孩子也跑到院子里嬉闹，沉寂的院落里，一下子生机勃勃起来。阿良指着两扇上了锁、同样陈旧喑哑的木门笑着说，他就是在那个屋里长到十五岁。又指着祠堂说，家族里的大事小情，都是在那里商讨的。我知道，从走进大门的一刻起，这个院子里逝去的光阴，便像电影一样，在他脑子里播放了。

离开眷阳楼，又去了东阳楼——同样是一个温暖美好的名字。东阳楼保存完好，比阿良家的晚修建一百多年。整个外形古老圆润，高大坚固，卧在午后的阳光里，稳重安详。走进院子，看见三层呈阶梯状楼房，一层为砖土墙，二三层为木制墙。古旧的屋檐下晒了衣裳，堆了劈柴，散发着浓浓的生活气息。阿良说，看到这个，也就等于看到他家土楼完整时的样子了。楼里的住户，和阿良家是世交，一位阿婆把我们迎到屋里，拿糖泡

茶剥芦柑,忙个不休。每家门口上方,都题了字,有的是"集光处",有的是"福安居"——阿婆家的是"怀德居",都充满了温暖和吉祥。进门是厨房,左边地面有长方形排水口,排水口上方是天井。阿良介绍,土楼外墙底层没窗户,为了采光,底层的屋子都有天井,屋子呈阶梯状盖上去,也是为了采光。我的心一下子敞亮起来,不再为土楼的窗户少而小发愁光线问题。排水口对面是灶台,墙角供了灶神。往里是客厅,有楼梯斜通到楼上。为防水,客厅地面比厨房多一块砖的高度。整体看来,屋子呈扇形,外窄内宽,有一种安全感。为出入方便,阿婆家开了后门,这在早先当然是不可能的,然而世事发展,除去安全,更需要一条快捷的通道和外界联系。我从后门出去,看见阳光照在旧屋和柴垛上,是一种昏昏欲睡的宁静。

出于礼貌,我没好意思提出上楼看看。我在初溪看了方形的绳庆楼和圆形的集庆楼,规模比阿良这里的大得多,楼中有楼,里外分三层,祠堂在院子中心。绳庆楼楼梯在四个角上,集庆楼每个门前都有楼梯。走在木制的古老的楼梯和楼道板上,即使放轻了脚步,也会发出嗵嗵的响声,怕不小心把楼板踩个洞。集庆楼成了博物馆,双庆楼里则居民众多,家家户户人丁兴旺,大人说话孩子叫,像集市般热闹。东阳楼里的居民也多,要离开时,院子里聚了不少人。孩子在古老的楼前笑得灿烂如花,多少年后,他们也会和阿良一样,带朋友来参观留有他们年少时光的土楼吧?那时,土楼会有现在这样完整吗?阿良说,他家的土楼塌了,不是不结实,是因为他们成家立业后都搬了出去,房子没人住,没人照看,才倒在几年前的一场风雨中。人需要房屋遮风避雨,反过来,房屋也需要人来为它遮风避雨呀!关怀,都是相互的,人是,物也是。然而,凡是历史悠久有特色的老旧房屋,可作研究,可入诗入画入文,房主,却未必愿意一直住在里面。

还去看了一座八角形土楼。不管是方形、圆形,还是八角形,也不管规模大小,在那个时候,都起到防匪作用。楼里储藏着足够的食物与柴草,院里有井,墙厚门紧,吃喝拉撒全在里面,几个月不出门都没问题。时势造英雄,时势也造奇特建筑,时代背景不同,建筑风格也不同。就像现在,土楼周围挤满钢筋水泥做成的方方正正的现代楼房。阿良说,这些房子很多都空着,极少有人住,只是一种象征,象征楼主在外面打拼得不错。我不知道,下次再来,阿良家的土楼,会不会被一座新式建筑挤下历史舞台?

要回家了,车子离阿良挥动的手越来越远,我透过车窗,看见阳光照在新楼旧屋交错的下北村,静如止水的表象下面,暗潮涌动。

正是北溪桃花红

永春岵山镇境内,有条小溪,名曰北溪。北溪流经一个小村庄,小村庄因此得名北溪村。

北溪村天生丽质,稍加修整,便成了自然生态旅游区。有树,有溪,有池,有水车,有亭,有桥,有木栈道。可观瀑布,可垂钓,可探险,可采摘瓜果,可住农家屋,可品农家菜,可赏桃花——是休闲度假的好去处。

瀑布有两条,九叠泉和双溪。它们交汇的山谷间,有一大片开阔地,种满桃树。一到春季,便有人慕名前来观赏桃花,见花忘我,流连不知返。

今年春早,刚进二月,就有人在QQ群里说北溪的桃花开了,呼朋唤友,相约一起去看。不几日,便在论坛贴出桃花照,配以美人面,配以优美解说词,馋得观者两眼发直,心痒难耐。一时跟帖者众,有的问路线,有的羡慕又恨自己没时间,有的寻伴儿一起去——似乎不去,就对不起自己,

第二辑 赶潮的鱼

就对不起这个春天。

二月的第三个周日，我和朋友也去看桃花。

看桃花的人果然很多，有开小车来的，有骑摩托车来的，还有走路来的。虽不是摩肩接踵，也算得络绎不绝。因为春旱，北溪水瘦弱苗条，悠然缠绵。池水幽幽，垂柳依依，水车吱吱呀呀。阴天，有些雾气，群山苍苍茫茫。而那一大片桃花，就开在苍茫的山谷间，像天上飘来的五彩云霞，轻巧柔软，艳丽妖娆，真可谓"满树和娇烂漫红，万枝丹彩灼春融"。曾在雨季来过北溪，那时的北溪满山满野都是绿色，激情澎湃的瀑布，从高高的悬崖上奔腾而下，又循着石缝岩脚蜿蜒流淌，铿锵有力，摄人心魂。如果说，那时的北溪尽显男性的阳刚之态，此时的北溪，则满是女性的柔媚之姿。

桃树不高，棵棵挺拔俊秀，枝枝杈杈，都开满花儿。来得正是时候，花儿正在鼎盛时期。红的艳，粉的娇，白的俏，重瓣的雍容华贵，单瓣的纤巧玲珑。都倾尽全力，展示自己的灼灼芳华。蜂儿和蝶儿，在花间飞舞盘旋，为自己觅食的同时，也做了花的媒人。侧起耳朵，似乎能听见爱情生长的声音。三五成群的游者，在花间流连。有人一边看花，一边看着在花间追逐嬉闹的孩子——在他们眼里，孩子是更好看的花呀！有年轻的女子，走近这棵花看看，好看，走近那棵花看看，也好看。忍不住攀着花枝，一赏再赏，一闻再闻。又摆出或羞，或媚，或顽皮的姿势，让同伴儿来个人面桃花照。这个时候，谁也分不清是桃花更好看，还是人更好看。真是"若将人面比桃花，面自桃红花自美"。有年轻的男子，在花间走走停停，想故作深沉，又忍不住东瞧西望，像是在看花，又像是在看花旁的女子，那种花痴模样，真让人禁不住要笑出声来。有摄影爱好者，或成群结伙，或独自行动，皆手握长枪短炮，在桃林里跑来跑去，一会儿拍花，一会儿拍人，一会儿人和花一起拍，拍完了把脸凑近相机屏幕看效果，时而摇摇头，时而抿嘴窃笑。闹不清是拍好了，还是没拍好。拍照，如今实在算不得稀罕事，即使没相机,谁还没手机?故而,整个桃花林里,几乎都是赏花者,都是拍照者,又都是被拍者。

走着看着,不觉有些累,随便找个地方歇息。可坐在桃花旁边的土坎上,沾些浮土也无妨,亲近自然,人心也便自然。可坐在小溪边的石头上,看桃花的水中倒影,也看自己的水中倒影,顾影,但不要自怜。可坐在桃花林中的木亭内,认识的,不认识的,都一起说说话,这是桃花引来的缘分呀。可坐在木桥边的长椅上,看数不清的人面,和桃花一起争相开放,自己,也是其中一朵。

既然来了,不能不去看看瀑布。沿木栈道进山,一路空气清新,树影婆娑,溪水潺潺,鸟声鸣涧,犹如天籁。此时的瀑布,细小柔弱,丝丝缕缕,依悬崖轻声漫步而下,那轻巧模样,倒是和桃花的曼妙很相配。一切,似乎都在向桃花的气质靠拢。

天近中午,选一农家小店,随意点几样菜。土鸡,土鸭,山笋,芥菜——都是山中宝物。好吃,真好吃!不觉多吃了一碗饭!饭后,饮杯茶,慢悠悠沿山路走走。山腰有小亭,站在亭内,竟将整个桃花林收在眼底。桃花林里,人越发多了,来来往往,川流不息,人在花中,花在人中,花是彩云,人,便是走在彩云间的神仙。今日,既赏了桃花,又做了神仙,这个春天,还有什么可遗憾的?

此时的北溪,不如改名叫桃花溪,或干脆叫彩云溪吧!

红树长桥共流水

正是退潮时分，洛阳江里只有少量的水，瘦瘦浅浅，在上午的阳光下闪闪发亮，耀人眼。水两旁，肥厚湿润的青灰色淤泥之上，一棵紧挨一棵的，都是红树。红树的叶片是深沉的绿，细细密密，层层叠叠，茫茫苍苍，延伸到天尽头的雾霭里。

我站在洛阳桥上，轻依栏杆，心内，像红树林的绿色一样，波澜壮阔。一直以为，红树林是异域风情，神秘，缈远，和我之间的距离遥不可及。然而现在，我竟然就站在它们身边，像看见多年的老朋友一样，对视，无言，满心亲切与欢喜。

初识红树林，是在电视节目里。不记得节目的名字，只记得那一大片站在无涯水中的没有尽头的绿。红树的身体，一半在水中，一半在水外。水是清澈的，看得见半淹在水下的支柱根，蛛网一样纠结在一起，人若走在里面，半天也迈不出几步。树上有鸟，水中有鱼，还有太多其他叫不出名字的生物，相邻而居，悠然自得，各得其所，形成一条完美的生态链。

红树的种子，是多么聪明！在树上成熟，待发芽之后才落下来，碰到泥土就生根。即便是落在水面，也能随波逐流数月不死，一旦遇到泥沙，马上抓住机会，不用多久就生出根来，站稳。大自然，是最优秀的教师，教会各种生物生存之道，再严酷的环境，也能想出办法繁衍生息。

仔细看，眼前的红树下就长满细小的幼苗。高的十几厘米，小的才两片叶。叶片表面粘满泥浆,像一群灰头土脸的顽皮小小子。树下的淤泥表面,布满大大小小的洞眼,螃蟹们横行直撞,不知名的小虫爬来爬去,鸽子也来凑热闹,咕咕叫着,踱步,觅食。两只白鹭,亭亭玉立在水中央,伸长细细的脖颈,石头雕像一样,凝神不动,像是配合游人给她们拍张好照片。观察久了,才看出门道,她们这样静静伫立,只为等待放松警惕的小鱼从身边游过,然后趁其不备,闪电样快速出击,用细长的尖嘴将小鱼捉住,吞下肚。远处的波光里,有野鸭在水面划出圈圈涟漪。更远处,数只苍鹭舒展双翅,在低空滑翔盘旋。

洛阳桥中间几个桥墩附近的水里,散落着一些条形石头,石头上密密麻麻,花白一片,是养殖的海蛎。八年之前,没有红树林的时候,这里的海蛎,还有其他水产品都不好吃,是红树林改善了生态环境,让水产品的味道鲜美起来。临江而居的村民们,不仅拥有了曲线流畅的优美风光、清新空气,也因此增加了收入。此时,正有三位中年妇人将渔船泊在岸边,卸下满船海蛎。海蛎装在网状的尼龙袋里,每一袋都沉甸甸的,像一个个沉甸甸的幸福日子。她们一边干活,一边拉些家常话,爽朗的笑声,在粼粼波光里传出去很远。一个健壮的青年渔民,开了条电动渔船,突突突,从远处来,穿过桥洞,停靠在小码头旁。他把船泊好,提了一塑料袋活蹦乱跳的鲜鱼上桥。即刻有游人围拢上去,观赏,问价,购买。买的和卖的,都是一脸欣喜。

洛阳桥中间的界石上,刻了"晋惠交界"。我从桥东慢步到桥西,也就从惠安来到晋江。回转身,看见蔡襄站在桥那头往这边看。他的长须随风飘扬,双眼微微眯起,浅浅微笑,深邃悠远的目光,隔了八百多米的距离,从千年以前望过来。他建的洛阳桥,历经风吹雨打,岁月侵蚀,到今天依然保持原来模样,稳稳当当跨江而过,实在是值得自豪和欣慰! 如今,种植红树林的决策者,也有蔡襄一样的远见卓识和智慧。眼前的红树林,会越来越繁荣茂盛,红树湾区的风景,亦会越来越清丽宜人,这,是后代永

远享不尽的福祉。

我是多么羡慕临江而居的村民啊,清丽的红树湾风景,恰似他们的后花园,稍有闲暇,即可凭窗而立,看见日光温润处,潮起潮落间,长桥似卧虹,风从红树林上空吹过,水波荡漾,舟船忙碌,鸥鸟齐飞,动静相宜。人,也便如在仙境一样了。

奔跑的油菜花

臭菊花开

泉州的冬天,是不缺花的,洋紫荆、黄花槐、扶桑、三角梅、美人蕉——还有太多叫不出名字的花,高的、矮的、胖的、瘦的,在街头巷角开得多姿多彩,艳丽四射,一转身,一回头,就能看得见。她们,都是人工栽种下的,有着高高在上的富贵之气。

这个时候,臭菊花也开了。

臭菊花,不用人来种,没看见谁家院子里有她们的身影。她们对环境不挑肥拣瘦,一阵风,把她们的种子吹到哪里,哪里就是她们的家。只要有土,有水,有空气,就能生根发芽,很快,繁衍成一个大家庭。她们的身体是不死的,春夏秋长个儿,冬季开花。不开花的时候,空气一样沉寂,开花的时候,阳光一样灿烂。有人关注也好,没人关注也罢,只管自生自长,自开自谢。一年,又一年。

臭菊花? 不知道是谁起的名字。

我特意在一丛臭菊花前面来回走了好几趟,边走边使劲吸鼻子,没闻到臭味儿。我又把一朵盛开的花拉到鼻子底下,使劲嗅,沾了一鼻尖花粉,也没嗅到臭味儿,倒是有一股冲鼻子的香。莫非,要掐出水来才能闻到?马上掐破一片叶子,还是不臭,味道和其他菊花一样,微麻、微苦、微涩,又是那么清冽,醒人耳目。

现在,我站在臭菊花前面,看她们在风里荡漾起金黄色波浪,脑海里只有一个词:轰轰烈烈。真的是轰轰烈烈啊,随便你站在郊外什么地方,放眼看。人家的房子外面,半段破墙前,垃圾场边,待建工地的荒草间,山坡上,沟壑里——到处都有臭菊花的影子,一大丛,一大丛,怒放,成片成片的金黄。她们,丝毫不管别人为自己起了什么样的名字,只管连绵不绝延伸开去,耀人眼,撼人心。

　　我家乡的山野里也有菊花,秋天开。收庄稼累了,随便在田间地头坐下,一低头,就能看见野菊花。淡紫色、粉色、白色、黄色,矮矮的,一团一团,在水样凉爽的秋风里轻轻舞。摘一朵拿在手里把玩也好,只那么低头看看也好,或者,还可以折一枝插在鬓角,自己也突然成了盛开的菊花,有优雅的气质,有淡淡的清香。再看看身边收获的庄稼,远处日渐黄了叶的杨树林,便觉平淡的日子也有了丰富的色彩,心情格外好。有时也会采一大捧拿回家,各种颜色的花挤在一起,插在某个装了清水的容器内,随便摆在桌子上,整个家,顷刻间就生动起来,像一幅色彩饱满、厚重的油画。

　　前些时候,去公园看菊花展。那么多种菊花,大的、小的、单朵的、复朵的、长瓣的、短瓣的,站在花盆里,都打扮得花枝招展,像盛装的赴宴会的女人们一样。菊花的香气,在整个公园里漫延流淌,空气也都是香的了。我在菊花中间走走停停,惊叹她们的容颜俏丽、仪态万方。只是,那些单朵的菊花,开得太大,细弱的花茎顶不动,不得不用竹棍子协助支撑,才站得稳,即便这样,也感觉到不安全,似乎只要轻轻的一阵风,就能刮倒。这些菊花的骨气,去了哪里?

　　还是野生的菊花好啊,就像现在,我眼前的臭菊花,大风吹来,顺风摇晃,大风过后,又站直身子,恢复到原来模样。没有束缚和依赖,完全按照自己的意愿,开得大也好,开得小也好,所有的怒放,都是,属于自己的青春年华。

第三辑

奔跑的油菜花

相思花开香两岸

很多回，我从远处遥望闽台缘博物馆，或是从馆前经过，或是专程走过去近距离接触，心底里都会涌起难以言说的情愫，潮水般涨起又落下。

就像此刻，我正站在广场边缘仔细将其端详，越端详，越觉得其像温婉可人的女子。蓝天白云下，她端坐在清源山前，一身刺桐红的衣衫，挽着圆发髻，临西湖水照妆容，高贵优雅，安然娴静。又觉她更像满含慈爱的母亲，倾尽思念与期盼，玉臂轻舒展，要把跑散的孩子们呼唤回来，拥抱入怀，再不分开。

我这样端详着她，思绪翻滚如长江水，目光不由得迷离，眼前幻出二傻的影像来。

幼年时，每到清明，或过年过节，时常看见永梅的爷爷、奶奶，在村前的十字路口，烧雪白的纸钱和花花绿绿的冥衣。边烧边长一声短一声地呼唤：二傻哎，回来哟，回来拿钱花哟，回来拿衣裳穿哟。那苍凉悠远的音调，穿过黑蝴蝶般飞舞的纸灰传出来，听得人心里发紧发慌。我问母亲，二傻是谁？母亲说，是永梅的二爷爷，军人，抗美援朝的时候牺牲在战场上，是烈士。可惜了，当时才二十来岁，什么遗物也没留下，没法上坟，只能这样在路口遥祭。母亲说完，摇头叹息。那些年，村里断不了演战争题材的电影，每部这样的影片里都有战斗英雄，善于和敌人斗智斗勇，面对敌人的炮火或酷刑大义凛然，视死如归，令人崇拜与敬仰。如今一听母亲说二傻是烈士，虽然没见过，我眼前也还是立刻出现他在激烈的炮火中冲锋陷阵、无所畏惧的高大形象，与影片中的英雄人物重叠契合，不由得肃然起敬。

二傻，就这样以英雄的影像在我幼小的心中留下痕迹，偶然想起，便生出万千唏嘘与感叹。花开花落，一年又一年。转眼，我长大了。

一九八八年，春末。父亲和母亲在村北山脚下的地里给麦苗锄草，邻村儿的队长拿来一封信，说他们村儿没信封上写的这个人，让父亲看看是不是我们村儿的。父亲接过信，见信封上盖了好几个印章，台湾的，香港的、河南的、河北的——收信人曹起录，是我家同宗族的远房长辈，我叫他爷爷。寄信人是谁呢？辗转这么多地方寄来的信，肯定很重要。父亲和母亲顾不得侍弄庄稼，带着疑惑匆匆回到村儿里，把信拿给起录爷爷。爷爷打开信，就像引爆了重磅炸弹，炸出一条天大的新闻来：哎呀呀，二傻没死，还活着哩，现在在台湾！二傻不识字，信是他托河南的朋友写的，他哥嫂也不识字，就写给我，他说要回来探亲呀！这个新闻像疾风一样，瞬间传遍全村儿，吹起千层浪。乡亲们一窝蜂涌到二傻家，向他家人道贺。这时，二傻的哥哥已去世多年，他嫂子不知怎么高兴才好，激动得不行，双手搅在一起，只会流着眼泪无声地笑，满脸皱纹堆成菊花。永梅一家人，还有她叔叔一家人，也都是满脸喜气，止不住地笑，比过年还高兴。

我看着这样的场景，也激动得不行，相对于心底里珍藏的英雄二傻来说，我更愿意他还活着，这对他的家人来说，是多么大的惊喜！活生生的生命，是多么重要。和二傻的家人一样，全村人都盼着他回来，见过和没见过的人，都想看看当逝者被祭奠了几十年的他，现在是什么样子。

当年暑假过后，我去外地上学，离开家之前，没见到二傻回来。年底回家过年。母亲说，二傻回来过了，住了半个月，带了很多打火机之类的小礼物送给大家。只是可惜，在他回来之前的一个月，他嫂子因病去世，没能等他回来见一面。这真是不幸，然而不幸中的万幸是，他嫂子知道他

第三辑
奔跑的油菜花

067

还活着，去到另一个世界，可以把这个好消息带给他的哥哥和父母。

之后，二傻每隔一两年就回家乡住段时间，我在外地，一直没能见着。

一九九三年，我来泉州看望男朋友，顺便去厦门鼓浪屿游玩。在日光岩，从望远镜里隔海眺望金门岛，想到二傻就在那里，感觉特别亲切。只是他每次回家乡，需办那么多手续，辗转香港再到北京才能最终回家，又有许多禁忌，实在是折腾。要是能在这里直航，这么近的距离，随时随地都能来往，该多么好！

两年后，二傻再不愿跑来跑去那样折腾，申请回乡定居。飘零数十年的落叶，终于归根。

我见到二傻，是一九九九年的秋天。先是远远地看见。他从他二侄子山脚下的家里出来，背着手，到山坡上的庄稼地埂上散步。灰色外套，黑裤子，中等个儿。我母亲喊，二傻哥，来家里歇会儿吧。二傻应了一声，慢慢走过来。他越走越近，我看见他微胖的身材，花白的头发，肤色润泽，红光满面，少有皱纹，退休干部的气质。母亲笑着打趣，二傻哥又胖了。二傻也笑了，说孩子们都孝顺，吃得饱，穿得暖，睡得香，心情舒畅，不想胖都不行了。

我说不出是什么心情，很紧张，很慌乱，像是面对一个传说中的虚构人物突然现身一样，心怦怦乱跳，不知所措。我腼腆地叫声伯伯，为他拿来椅子，请他坐在屋檐下，又去倒水递给他，再拿出一个蜜柚，切开来请他吃。我说，我和先生在泉州生活，这是从泉州带回来的，福建平和产的，汁儿多味儿甜，您以前吃过吧？他点点头，说有个朋友是平和的，回乡探亲时带回去给他吃过。

东拉西扯闲聊了会儿，虽然知道那几十年的过往对他来说不堪回首，我还是小心翼翼问了问。二傻呆了一下，目光刹那间黯淡下去，沉默了一会儿，缓缓讲起来。

他说，他们团是在夜里被美军偷袭的，活着的都被俘虏，关在战俘营。

在战俘营的三年里，整天有人给他们上课洗脑，让他们到台湾去，不肯去便会遭到迫害。最终，不管同意不同意，他们都被刺上文字和图案，遣送到台湾。说到这里，二傻挽起袖子，又拉开秋衣，让我们看长在他身上近五十年的文和图。他说，身上刺了这样的字和图，就是当时能回来，也不敢了。母亲问，刺的时候疼吗？二傻说，哪里能不疼！钻心剜骨一样。

那些文和图是蓝色的，清晰，像刚刺上去一样。我明白二傻说的疼痛，除去肉体的，更多的是内心里的疼痛和耻辱，这样的疼痛和耻辱，加上强烈的有家不能归的思乡情，像大山一样压在他心里，一压就是几十年。如今，这一切过往都像噩梦一样远去，唯有这些刺青留下来，成为那段不堪岁月的见证。

到了那边，不得已，二傻还是当兵。几年后金门炮战爆发，他也被迫上了前线，主要是挖工事。他们中有水性好的，找机会下到海里，游水到厦门，逃跑了。二傻自小生活在北方，是旱鸭子，只能望着海水干着急，什么办法也没有。无论白天还是黑夜，混乱的思绪都在二傻脑子里打架，搅得他要疯了。他弄不清自己现在是以什么身份活在世上，不如当初干脆死在战场上一了百了。多少回，他想自我了断，却总在最后一刻，眼前闪出家乡荒野间父母栖身的那堆黄土，闪出他当兵走时哥嫂送他到村口，千叮咛万嘱咐要他保重，说等他回来，为他张罗娶妻成家，自立门户，也好对逝去的父母有个交代。每每如此，他的心便立刻变得柔软，放弃轻生念头，对未来有了一线希冀。最是清明时节，他遥望家乡焚香烧纸祭奠父母，泪流满面间，似乎听见哥哥、嫂嫂呼唤他的声音，仔细寻找时，却又四顾茫然，眼前只有纸灰飞扬——说到这里，二傻眼圈儿一红，顿了一下才又说，后来知道，那是哥哥、嫂嫂在给他烧纸钱……

二傻当了十几年兵，退役后又打了十几年工，没成家。没成家，是因为年轻时没机会认识女孩儿，退役后年纪又大了，没文化没技术，工资低，条件差，即便有人肯嫁，他也没法养活，也就打消成家的念想，一直独身。

奔跑的油菜花

退休后,住在"荣民之家",靠退休金生活。

二傻讲这些的时候,口气淡淡的,似乎说的是别人的故事。我明白他不止一次和别人讲这个浮皮潦草的过程,太多的细节只存放在他记忆里,不时浮出来,像演电影一样,一幕幕,播放了一遍又一遍,啮心的疼痛与痛苦,无边无际,没经历的人,不能切身体会。

见过二傻一张照片,是在相思树下拍的。正是春天,树上开满细碎稠密的花儿,黄黄的一片,像喷涌着的缠绵不绝的相思,和二傻的眼神表达的含义一致。泉州也有相思树,以后每到相思花开的时候,我会猛然间想起二傻那张照片,心头闪出这样的感叹:相思花开香两岸!

时光如流水,转瞬间,到了新世纪。

二〇〇一年,大陆和台湾之间实行"小三通",就像禁锢大地的坚冰开始慢慢融化,让人看见春天来临的迹象。我再回老家见到二傻,谈起这些,他脸上露出欣慰之色,目光向南望向天边,深邃悠远。

二〇〇五年春天,中国闽台缘博物馆在泉州城西北侧奠基,动工兴建。每次从工地前面经过,看着热火朝天的劳动场景,我心里没来由地激动万分,想着等博物馆建成后,一定拍些照片,拿回老家给二傻看,让他了解,春天,越来越近了。

博物馆的建造速度很快,只一年半时间就完成了。主体是"天圆地方"式的建筑,红白色调;宽阔的广场上立了两根高大气派、雕工精致的石质九龙柱,栩栩如生的十八条龙,似乎一引颈就能飞上天空;和九龙柱呼应的,是几排鲜艳的有民族特色的图腾柱;柱子中间是长方形浅水池,循环流动的水,清澈见底,在太阳下闪着耀眼的光,正恰似饮水思源的意境。广场周围的园林景观,不仅种植了有福建特色的花草树木,展示了福建的优美自然风光,也以人工造景的方式,移植了富有台湾特色的花草树木,再现了台港自然风光的优美。闽台两地的风光相互穿插,水乳交融般合成完美的一个整体,徜徉其中,无酒人亦醉。

我举着相机,先围着博物馆转圈儿,从各个角度拍摄;接着进入博物馆大厅,拍那幅以爆破方式绘制而成的、巨大的、表示同根生的大榕树。接着去序厅,拍以地缘、史缘、法缘、血缘为主题,突出闽台同属中华一统思想的内容;再去主题馆,拍摄从开发同功、经济互得,教育艺术、文化相承,同炉分香、神缘传承,民风民习、俗缘相通,这四个不同角度表现闽台血肉亲情关系的内容;再去三楼专题馆,拍摄戏曲、民俗、建筑、工贸等深入表现闽台关系的专题内容……我要把所有这些都拍下来,拿回老家,给二傻看。二傻在台湾生活几十年,虽然不是自愿,虽然没有妻子儿女扯心挂肺,但那么多年下来,以苦为主的岁月里,总有因苦难结成的兄弟般的情意在,总有牵念的知心老朋友在,第二故乡的感觉亦一定是有的,扯不断,理还乱。他肯定愿意看见闽台之间这些根深蒂固的缘,看见大陆和台湾之间这些根深蒂固的缘,不离不散。

二〇〇七年,夏天,我拿着拍好的照片回到家乡,却再没机会给二傻看。母亲说,他去年年底离世了,头天晚上睡下,第二天早上再没起来,无疾而终,享年七十七岁。他的坟依在村北半山腰,在七月的天光下,芳草萋萋,野花烂漫。他这片被风吹到远方的叶子,又被风吹回来,带着远方的气息与印迹,落在原来的树底下,瞑目,静静地安息……

一阵柔软的风拂面而来,似乎带着海水的咸涩与湿润,把我从遥远的思绪中吹醒。如今又是几年过去,博物馆周围的园林景观更加完善,葱郁茂盛,四季繁花开不断。我闭上眼,深深吸一口气,以此来平复一下纷乱的心情。是的,我又要走进展厅——走进博物馆的灵魂里去,在她的引领下,再做一次从古到今的旅行,见证闽台,见证大陆与台湾血肉亲情的由来。

奔跑着的油菜花

　　我坐在四姨父的自行车后座上，想着一会儿就可以见着表姐和表弟，跟他们一起到河边钓鱼，去竹林里逮鸟，上田野间掐蔷薇的嫩芽儿吃，不禁高兴得手舞足蹈。我正这样暗自欢喜，猛然觉得左脚一阵剧烈疼痛，直疼到心尖儿上，"哎呀呀"哭叫的同时，眼泪喷涌而出。

　　只因为我太兴奋，足蹈得太厉害，左脚钻到后车轮内。尽管四姨父及时刹车停下，也还是被钢丝勒伤，破了几大块皮，血淌出来，滴滴答答落到地面，溅开，像一朵朵鲜红的花。去看医生，好在没断了骨头。清理伤口，消毒，涂药，缠上厚厚的绷带。

　　我不能去上学，也不能四处跑着玩儿了。狗跟着大人去了地里，鸡在地埂边刨虫子，看不见鸭子，它们一定去屋后的水沟里游荡了。家里静悄悄的，只有我一个人，坐在屋檐下的竹椅子上，发呆。蓝得不像样儿的天空，一丝云也没有，偶尔有一两只鸟飞过，掠过我眼前的空间，倏地一下，便不见了。阳光毫无遮拦地洒落，把水彬树的影子投在屋前的路上。裹着我左腿的绷带，在这样的光线下显得特别白，晃得人睁不开眼。我刻意只这样往高处和低处看，不愿意放平视线的原因，是怕看见油菜花，她们正旺盛地开着，不知疲倦地在田野上奔跑，极力宣泄年轻的情感，热烈而张扬，喧闹而芬芳，洒下一路脆生生的笑。我怕被她们诱惑并裹挟着去奔跑，而我现在，是只能这样一动不动地坐着的。

然而，我还是忍不住看她们了，因为根本躲不开她们的身影。她们就在我家屋子前面，以菜园子为起点，向东，向西，向南，一直延伸出去。其实我家的菜园子也不是她们的起点，我家屋后也有油菜花，我家的屋子像其他人家的屋子一样，在此时，只是嫩黄的油菜花海中的一叶小舟。我曾经跟着她们奔跑，直跑到筋疲力尽，也没找见何处是起点，何处是终点。

我和油菜花一起奔跑，花枝高过我的头，斜伸的花枝碰触着我的胳膊和我的脸，将细细的花粉粘在衣裳和皮肤上。谁也数不清有多少只蜜蜂，就像数不清有多少朵花一样，它们嗡嗡嘤嘤地从这朵花飞到那朵花，起起落落，来来去去，忙得不可开交。这些蜜蜂有家养的，也有野生的。家养的蜜蜂住在人工做的蜂箱里，有专人照顾，哪里有花开，便带它们去哪里，追着花跑。野生的蜜蜂住在人家的土墙上。我家的土墙上就有很多野蜂洞。从没见过野蜂是怎么打洞的，只是每年油菜花开时，墙上便添了新洞，新洞加旧洞，一年年增多，土墙，也就成了蜂窝墙。那些洞有我的手指粗，圆，黑乎乎，不见底。找个空罐头瓶，掐几朵油菜花放里面，用根细细的棍儿，轻轻在洞里拨弄，倘若里面住了野蜂，便被拨弄出来，趁它将出未出时，快速把瓶口对准洞口，也有机灵的蜂逃脱了的，但大都成了俘虏。它们在极有限的空间里飞，嗡嗡嗡嗡，我便有了一个随身听。

今年，我还没来得及和油菜花一起奔跑，也还没来得及捉野蜂，等我的脚好了，年轻的油菜花恐怕也就老了。我这样想着，由不得一声叹息。

一只野蜂采足花粉，飞回家。它经过我身边，围着我转了个圈儿，还在我眼前旋停了片刻，似乎在告诉我某些事。我听不懂它的话，只大概猜测，也许是说油菜花开的盛况，也许是说油菜花粉的香，也许是说自由的美好。是啊，自由是多么美好，可以和油菜花一起奔跑，赏她的明艳，闻她的芬菲。

第三辑

奔跑的油菜花

这一年的春天，油菜花的奔跑少了我的陪伴，一只，两只，或几只野蜂，也因此没有失去自由。将心比心，我再不会去打扰它们。

油菜花奔跑着，跑过一个春天又一个春天。我的脚好了，也和她们一起跑，后来，我的高度渐渐超过她们，跑的速度也加快，并且偏离了她们的方向，慢慢地，我看不见她们，她们也看不见我。

时空流转，一隔经年，我又回到油菜花海中，就像从一个长长的梦里醒来，往事一幕幕，花是旧时容，蜂是旧时颜，人，却不再是少年。

晨钟惊飞鸟

任何溪流，都有源头，正如有果就有因。

然而谁也不能预测，会因为什么样的机缘巧合，突然间，出现在从儿时就急切向往的地方。就像现在，我站在南少林寺的院子里，恍然如梦。

南少林寺的院子里有两棵大榕树，一棵在东，一棵在西，主干需几人才能合抱。它们粗大的枝干向四周分散开来，密密匝匝的枝叶，将七月火一样的阳光挡住，沁凉如水的树荫洒满整个院子。树荫下排成排站了许多孩子，有儿童，有少年，趁了暑假，来练少林功夫。少年们穿着宽松的练功服，在教练的示范与指导下，展开胳膊，踢着腿，从院子这头走到那头，又从院子那头走到这头，表情严肃而认真。儿童们则是双腿快速地轮番抬起又放下，双手轮番拍打大腿，同时张圆嘴巴，拉长声调发出响亮的"啊——"，清脆稚嫩的童声，穿过树荫和寺院，散播到少林寺后面苍茫的东岳山间，满山的树也仿佛受了感染，枝枝叶叶，在风中摇曳。

我看着这些孩子，像看见年少时候的自己，刹那间，万千思绪在心头涌现——

　　时隔多年，我依然记得那个夜晚，我穿着我娘那件又厚又重的大棉袄，头上裹着又厚又长的毛线围巾，像只笨熊一样站在椅子上，由于站的时间过长，穿着厚重棉鞋的脚似乎和椅子粘到了一起，成了椅子的一部分。冰冷的风从脸上刮过，把鼻子尖儿吹得生疼，真怕风再大一些，会把它折断。我这么僵硬地站着，站在一百来个人的后面，为的是等着看电视里即将上演的影片《少林寺》。

　　由于一个重大会议的现场直播，影片的播出时间向后推了，直到半夜才开演。我忘记夜深风冷，一身麻木，整个人都钻到影片一步步展现的故事情节里，俊朗憨厚的觉远，俏丽纯真的无瑕，不共戴天的家仇国恨，缠绵悱恻的爱情纠葛，疾如闪电的武打动作……像是一股扑面而来的春风，吹皱了我那颗将成未成的少女心。我那颗少女心热血沸腾，豪情万丈，生了翅膀一样轻盈，好像一伸手，一抬脚，就能如影片里的无瑕一样，展现出一身矫捷迅猛的功夫，扫尽天下不平事。这样的后果是，等影片演完，我摆了个武打动作，"嘿"的一声从椅子上跳下来，麻木的双脚没站稳，一下子跌倒在地，碰疼了自己，惹出一阵哄笑……

　　虽然惹出了笑话，也挡不住少林寺和它的功夫在我心里生根。自那天晚上之后，每个早晨，队里催促上工的钟声一敲响，我便忍不住脱口而出：晨钟惊飞鸟；去山上放羊，亦会触景生情地唱：野果香，山花俏，狗儿跳，羊儿跑；在明月水一样柔软的光华里，我独自在院子一角，一边快速地，毫无章法地挥拳踢腿，上蹦下跳，一边气喘吁吁地哼：少林少林，有多少英雄豪杰都来把你敬仰……这样一番折腾，停下稍息，再双手合十，望着月亮深深一躬，以恨不得把心掏出来奉上的虔诚口吻叨念：求求你，求求你，让我有机会去少林寺吧！

　　《少林寺》，就这样把少林功夫的种子撒在我心里，发出嫩芽儿，虽然，这嫩芽儿长得歪歪扭扭不成气候。

第三辑　奔跑的油菜花

因为《少林寺》，我知道了天下有个少林寺，且以为天下只有一个少林寺，那是个神圣而神秘的所在，一句"天下功夫出少林"，便藏了多少江湖风雨，藏了多少跌宕起伏可歌可泣的传奇故事啊！

两年后，《南北少林》出现在银幕上，我这才恍然，原来，天下不止一个少林寺。

彼时，我那颗初长成的少女心变得矜持起来，不再像两年前那样轻狂，疯疯癫癫胡乱挥舞拳脚，但依然对少林功夫充满向往。特别是割草或拾柴火时，站在家乡最高的山头上，野风吹拂着发丝，掀动衣角，心里便生出一股莫名的英雄气。我挺直腰杆儿，转头向南，又向北，隔着千山万水，遥望两个少林寺（虽然并不能确定望的方位是否正确），哼唱《南北少林》主题曲：少林，教我一生学做强人……

我向往少林功夫，亦向往少林寺建筑的庄严与威武，还有晨钟暮鼓间梵音悠扬的宁静与安详，盼望有一天能身处其中，就算不学功夫，看一看，在少林的禅境里浸润浸润，也是好的……

想必，我在月下的祈祷起了作用，数年后，我居然来到南少林所在地，泉州。

初来泉州，我并不知道南少林寺在这里，我只是像数万个外来的打工者一样，日日为生计操劳，努力挣得属于自己的一席之地，扎下根。等听说南少林就在泉州丰泽区时，一种异样的惊喜涌上心头，却又只是不动声色地轻轻呢喃：啊，原来，你也在这里！那是一种他乡遇故知的感激与感叹。然而，我没有即刻去少林寺，所有的相见，都得需要机缘。

转眼，又是数年过去，在这样一个夏天，我终于圆了年少时的梦！

树荫下的孩子们多么幸运和幸福，随时可以趁了闲暇来少林学功夫，磨炼意志，强身健体。不像我年少时，只能遥想，只能私下里胡乱挥舞拳脚。

沿两棵榕树之间的台阶上去，是庄严肃穆的主殿，赵朴老所题的"少林禅寺"四个字悬挂其上。缓抬腿,轻落脚,慢慢走进殿内,香烟在身旁缥缈,梵音在耳边萦绕,佛光在头顶笼罩——感觉自己变得轻巧起来,像儿时那样,似乎长了翅膀。那是一种夙愿得偿的欢欣与满足。

在寺院内行走,在这阳光如火的日子里,周身感觉到的却是清凉,是因为心静的缘故吧。主殿旁边的水缸里种了莲,数片莲叶浮在水面,正中间一支粉紫色的花开得正好。倘若主殿后面观音阁里的观音菩萨愿意,便可把这莲当宝座,乘了去四海云游。

东边侧门外山坡上的菩提树下,两尊石雕的僧人面对面席地而坐,身体相向而倾,面露微笑交谈甚欢。一个说:在遥远的唐朝初年,嵩山北少林寺的武僧,十三空之中的智空,千里迢迢来到泉州,建了这座南少林寺,因此,南北少林同源一宗。另一个说:南北少林的宗禅原本都讲究渐悟,后来,代表南少林的六祖惠能开始讲究顿悟,"放下屠刀,立地成佛"即是顿悟……

不远处,有三个石雕的小和尚,圆头圆脑胖嘟嘟,实在可爱。一个坐在树荫下,手持佛珠,先背诵《少林精神》:南拳北腿少林棍,卫国保寺健自身……又吟唱《少林禅修歌》:少林禅院复古风,枯树新芽迎春生……另两个坐在阳光下捧书而读:"菩提本无树,明镜亦非台。本来无一物,何处惹尘埃。"他们这么念着,可悟得其中真意?

我抬起头,看见菩提树上结满了果子,青青红红饱满至极。菩提树,顺其自然地开花,花落而果成。不管是渐悟还是顿悟,都是顺其自然,机缘到了便自然而然明了的吧!就像我自小向往少林寺,那便是花,而今终见少林寺,便是果。

我手抚菩提树,回头望向历经劫难,遭三毁而不绝,又傲然屹立,至今依然长兴不衰,永葆少林精神的南少林寺,眼前出现这样的景象:每天,在少林寺浑厚悠远的晨钟声里,一群飞鸟从榕树稠密的枝叶间飞起,啁啁啾啾,迎着东方升起的第一缕阳光而去,少年们开始在榕树下练功,伴随

着振奋人心的童声合歌:少林,教我一生学做强人,教我当仁不让,坚守本分,培养勇敢的心……

花 路

　　这是一条水泥路,宽,平整,处在工业区。上班时间路上难得见到行人,车辆也极少,只听见工厂里的机器发出的轰鸣声。

　　正是初夏,路边的香樟树花期已过,从地面那层枯萎的细碎的落花,能想象她们曾经的繁华与芬芳。树下是绿化带,没人打理,丛生的杂草里藏了些碎砖头和石块儿,还有枯叶和生活垃圾。偶尔有一两只小鸟落下,在草丛里蹦来蹦去,又腾一下飞起来,眨眼间没了影儿。

　　草长得很茂盛,高矮胖瘦不同,有的站着,有的趴着,各自开着自己的花儿。

　　苦菜的花儿是黄色,花茎像一棵极小的树,分了许多枝,花儿便顶在那些枝头,细长的瓣儿围着花蕊,像四面射出的阳光。

　　开黄花的柞浆草,茎、叶、花儿、果,都可以吃,酸得倒牙。这里的是紫花柞浆草,不晓得能不能吃。花儿有一毛钱硬币那么大,一丛一丛开放,极优雅,若论姿色,算是这里的花魁了。

　　鬼葛针开白花,有几朵开得早,结的种子已成熟,要离远些,种子尖上带倒钩的毛刺便附在衣服上,摘下来可费劲。

　　野柿子也有熟果了,圆形,像一颗颗黑灯笼,闪着亮光,挂在辣椒棵子一样的株体上。很想摘一颗尝尝，是不是有童年味道？

芒草正长叶子，粗粗大大的几丛站在墙角边，绿油油肥美健壮，积蓄了力量等着在秋天开花儿。

还有太多叫不出名字的草，密密匝匝一路延伸开去。有心数数有多少种，才数到十几种眼就花了。她们的叶都极普通，开着极普通的小花儿。有一种草的花儿只有小米粒儿大小，白色，细细碎碎攒在一起，像满天星。还有一种草，花儿的大小不及一粒豌豆，勿忘我那样蓝，开在藤蔓上，像一只只满含忧郁的眼睛，我见犹怜。

这些花草，不及人工种植的花儿雍容华贵，但她们依然按了季节，该发芽就发芽，该开花就开花，有人赏也好，没人赏也罢，只管一心一意努力把自己的一生演绎得风生水起，而大自然，也正是因为她们的存在，才拥有了千姿百态、生机勃勃的无限魅力！

下班时，路上走满工人。他们年龄不同，衣着不同，方言不同，聚聚散散，疏疏离离，正如盛开在不同季节里的花儿。

背影

从舟山普陀岛岛顶下来，往码头走的时候，已是半下午。宽阔平整的水泥路上，洒满深深浅浅的树影。

在这树影里，有一对老夫妻。老先生穿着白色短袖衬衫，浅灰色裤子，满头华发，在逆光里呈现出芦苇花的质感，他的右手提着黑色的包；老

第三辑 奔跑的油菜花

079

太太穿着黑底带小白点儿的上衣，黑裤子，短短的黑发里夹杂了些许灰白色，她的左手握着一顶深蓝底白碎花儿的遮阳帽。他们空着的手紧紧相扣，慢悠悠往前走。他们的影子被午后的阳光拉得很长很长，就像他们相携走过的长长的日子。

我在后面看着他们，看了很久，心里涌起一阵又一阵暖意，忍不住将已经收好的相机又拿出来，把这温馨浪漫的一刻定格。

我刚拍好，把相片调出来看效果，走在我旁边的一位中年女子突然"呵呵"笑起来。她叫住前面的老人：爸爸，爸爸，您看，您和我妈妈这样牵着手走路，引来粉丝了呢，这位女士为你们拍照了。

才知道，原来她是老夫妻的女儿。

她说，她的父母七十多岁了，身体都很健康，她经常带他们出来旅行，既见了世面，散了心，又健了身。言语之中，很是得意与自豪。

我想起我的父母。我的母亲腿不好，膝盖骨骨膜老化脱落，半月板撕裂，年初做了关节镜手术，还在吃药治疗中。父亲留在家里照顾她，不能远行。在母亲的腿没生病之前，我们全家人一起外出时，他们也曾这样牵手而行，我在后面看着，满心都是幸福感。此时，我最大的愿望便是希望母亲的腿早点好起来，这样，我就能随时带她和父亲一起外出，见世面，散心，健身。

家有老人，他们能平安健康，是做儿女最大的福啊，也是老人自己最大的福！

趁父母能行动的时候，真要多带他们出去走走，哪怕只是在家附近的公园里。因为，你不知道，病痛何时会侵袭他们如熟透了的果子般的身体。

阳光下的青山湾

　　青山湾像个珠圆玉润的少女，依着海岸线，把柔软的身段舒展开来，袅袅婷婷，绵延数公里。哗啦啦的潮水声，是她俏皮的笑。

　　闽南十月初的风，不冷亦不热，将我的长发长裙，吹出层层叠叠的曲线。我赤裸的双脚踩在干爽的沙滩上，即刻没了进去，沙子是温热的，有阳光的味道。向前，穿过或躺或坐的人群，走到干爽的沙滩边沿。正是退潮时分，干爽沙滩和潮水之间，有一大片覆着一层薄水的湿沙。那层薄薄的若有若无的水，是从干爽的沙滩下面浸出来的，如无数眼泉水混合在一起，流满整个沙面。我做好心理准备，准备让双脚深陷到冰凉的湿沙里去。然而，湿沙没我想象的那么松软，它们是坚硬的，即使用尽力气跳一个高落下来，也只能踩出一个不明显的浅浅痕迹，而且瞬间就消失了。它们是平整的，像一面无比宽大的镜子，将人的影子照得清清楚楚。它们是光滑的，像铺了绸缎，有着丝般柔顺爽润的质感。它们是温暖的，像踩在融化了的阳光里。

　　湿沙滩上的人们，或伫立，或行走，或挖坑，或嬉闹，或跑跳，或摔跤，或把自己埋起来，或把别人埋起来，或举着相机拍照，这个拍那个的时候，那个正在拍另一个，每个人都有一张欢快的笑脸，都是别人眼里美的风景。我蹲下来，和孩子一起挖沙。沙子非常细腻，几乎感觉不到颗粒的存在，每一把抓到的，都是沙水混合物，像浓稠的、浅褐色的芝麻糊。吸吸鼻

子,好像能闻到香味儿。一小片没水的沙上,有个绿豆大小的洞,我叫来孩子,想和他一起挖个小螃蟹出来,结果挖出一股小喷泉。小喷泉汩汩向上涌,有一两寸那么高。我们继续往下挖,想让它喷得更高些,却把它挖没了。挖出的沙坑里汪了水,不管怎么搅动,一停手,搅起的浑水就像旋风般一旋而过,即刻又变得清澈见底。

湿沙滩那边,是一层压一层漫过来的潮水。穿泳衣的戏水者,大部分是在浅水里瞎扑腾,少数几个胆大的游到远处的深水里去了,只露着头部,不免让人担忧。瞎扑腾的也有没穿泳衣的,是来不及躲闪而被潮水扑倒,或被同伴泼湿了衣服的人,既然衣服打湿,也就干脆和海水亲密接触了。他们都很快乐,笑声像浪花一样稠密。更多的人站在沙滩边沿,只肯让潮水漫过双脚。我和孩子手拉手跑来跑去,咯咯笑着,也让潮水从双脚上漫过。潮水卷起的细小沙粒,轻轻打在皮肤上,有些痒痒。

放眼向远处看,一望无际都是平展展的碧蓝色海面,几艘船,在海天相接的地方来来往往。细细的沙滩上,没有粗犷的礁石,也就看不见惊涛拍岸,卷起千堆雪。只有人们的欢声笑语,和一波一波的潮水一起,此消彼长。

下午的阳光,从云缝里钻出来,斜照在覆了薄水的沙滩上,也照在翻腾着浪花的海水上,像无数只金色的蝴蝶,忽闪着翅膀,飞舞在青山湾,飞舞在珊瑚花一样的人群里。

放飞心灵的地方

　　台阶和栏杆是崭新的,宽敞,白净整洁,雕琢的痕迹清晰,棱角分明,抚上去,似乎还能感觉到石匠们劳作时留下的温度与气息。这和记忆中通向石亭寺的路差别遥远。未上台阶,先东张西望寻找昔日熟悉的景致,也好抵消心头的陌生感,让记忆与现实重叠,合二为一。就像远行数年归来的游子,打量陌生又熟悉的故乡,满眼新奇与热切。

　　石亭寺,是我放飞心灵的地方。

　　初识石亭寺,是四年前的五月,雨天,若有若无的风。雨是细小的雨,润物无声的质感,打湿了通向石亭寺古老陈旧的石板路。路两边的树和灌木参差错落,稠密的叶片闪着翡翠之光,漫开,遍布整个莲花山。野花野草自然少不了,红橙黄绿青蓝紫,各自芳菲。最是白色的小栀子花儿,黄蕊,略卷曲的单瓣儿,浅浅的香,梨花带雨的俏,可人疼。

　　静是这里的主题,侧耳,可以听见雨水在叶片上汇集成珠掉落地面的声音。然而我心底却不平静,翻江倒海般喧闹着的,是紧张与激动,还有卑怯与不安。这一日之前,我生活在狭窄逼仄的圈子里,工作时相处的人,也是生活中相处的人。闲时出去走走,所见的风景是熟悉的,擦肩而过的人也似曾相识,只是我和他们之间隔了厚厚的玻璃墙,可见不可触,不能交流,不能灵犀相通。恰似一滴油落在海面,不能溶于水,不能蒸发,只能于孤独寂寞中漂泊荡漾,没有归属感。不曾身处异乡的人,体会不到其

中味。

幸而有网络,幸而我因网络喜欢上写作,并因此注册为西海岸文学论坛的会员。西海岸的会员基本都是大泉州本土人,因文学相吸,因网络而聚,未见其人,先通过文字见其心。心既已相通,见人也便成为自然。这石亭寺之行,便是西海岸举办的采风活动。

我生性腼腆,怕见陌生人,小时候如此,成人之后亦如此。当网络上虚拟的名字变成眼前活生生的人,不知如何面对,怕言行不当惹人轻看,连打个招呼都脸红心跳,语无伦次,只好一味冲他(她)们微笑,连笑容也是拘谨而胆怯的。好在他(她)们都那么随和,说些活跃气氛的话,幽默诙谐,充满智慧。好在我可以凭借欣赏风景缓解一下僵硬的表情,放松一下紧张的心情。

石板路随山势弯曲起伏,很快到达石亭寺。山门的墙很古旧了,被风雨侵蚀得斑斑驳驳,新的旧的青苔恣意生长,也掩不住"南无阿弥陀佛"六个字。这样的古旧让人心安,就像涉世不深的孩子见着仙风道骨的老者,不管遇到什么为难事都不必心慌意乱,老者自会指点迷津渡难关。喧哗着的文友们,在主殿不老亭前都突然斯文起来,轻手轻脚走路,轻声细语说话,拍照也小心翼翼,似乎怕按快门的声音惊了菩萨的宁静与安详。有人添油,有人虔诚跪拜。香烟与梵音,在石砌的拥有数百年历史的不老亭内萦绕,又盘旋而出,散到空中去。整个石亭寺盈满仙境之气。

我紧张的心在这样清静悠远的氛围里渐渐放松,像紧握的拳头缓缓舒展。

大家相跟着弯成蛇状,沿狭窄崎岖的路去石亭寺后面的莲花峰。路实在窄,有的地方只容一人,也要侧身才行,胖人需吸气收腹方能勉强通过,太胖的人只好望而兴叹。遍布青苔的巨石上,随处可见大大小小的历代摩崖石刻。最是宋代诗人戴沈称赞莲花石的诗出名:"此石非顽石,成因浩劫尘,一莲花不老,过尽世间春。"这莲花石,传说是女娲补天时不小心掉落的补天石,落地摔成八瓣儿,恰似一朵盛开的莲花,便有了莲花石,也有了莲花峰。

站在峰顶俯瞰,以莲花峰为起点,石亭寺,莲花山,桃源村,丰州镇,泉州城,你中有我我中有你,绵绵延延成一体,晋江水蜿蜒游走在其间。抬头望天,天空是完整的,铺了薄薄的云,丝毫看不见补过的痕迹。倘若女娲云游到此,也许能认出她遗落的这块石头,也许还会在石头上歇息歇息,品一杯清香缥缈的石亭绿茶。石亭绿茶是莲花石上生出的一株植物,东晋人将其培植,繁衍至今成百亩茶园,曾被道光帝御赐"上品莲花",可见这茶带了莲花石的仙灵之气。

自诞生起,莲花石听风沐雨数行云,看人间无常变化。她知道一千七百多岁的丰州拥有怎样的历史,知道丰州是闻名遐迩的古代海上丝绸之路的起点,知道泉州的繁荣是以丰州为根基。她眼见晋代人修了石亭寺,眼见明正德年间人修了不老亭。戴沈来过,朱熹来过,也已是过往云烟——她以不老之身饱阅人世沧桑,人的有生之年与之相比不及眨眼。人们站在她的花瓣上喜笑颜开,像一群兴奋中啁啾不已的小鸟,不知踩着了多少前人的脚印。

抚摸着莲花石,眼望石亭寺下延绵不绝的滚滚红尘,耳听文友们的欢声笑语,感觉到困住我心灵的玻璃墙上慢慢打开了一扇门,阳光真真切切洒进来,温暖而柔软。我的心灵在这样温暖而柔软的阳光里伸展开翅膀,腾空一跃出门去,在广阔的天空中自由自在飞翔。

那滴落在海面的油,开始发生质变——

转眼四年过去,我又来到石亭寺。

走过崭新的石板路,又看见古旧的门墙,刹那间昔日种种重现,与当下契合,一朵微笑绽放在眼角眉梢。不老亭还是原来模样,香烟依旧缭绕,梵音依旧悠扬,莲花石没发生变化,摩崖石刻也依然,只是我的心境已从当年的紧张慌乱转为宁静安详。我的心灵在大泉州飞啊飞,熟络得像在

自己的故乡。那滴落在海面的油，因了种种机缘巧合，已质变为水，成为海的一部分。

坐在不老亭前的石头上，闽南冬日的阳光暖暖照下来，舒爽的风拂面而过，发丝飞舞飘扬宛若春柳。树的绿波在眼前荡漾。梵音在耳边轻轻吟唱，正如涤荡心灵的汩汩清泉。此时的心灵是空明通透的，像石亭茶的花一样白，像莲花的心一样净。

一群鸟在远处飞，盘旋于滚滚红尘中，那种流畅与速度，和鱼一模一样，是大自然的灵魂。

花意深，绿意浓

是个晴好的春日，天空蓝得明丽透澈，没有云，亦没有风。泉州森林公园大门两侧雕了浅浮雕的红色石墙，像巨大的双臂向两边伸展开，把我拥入怀中。进得门去，眼前便出现一大片深深浅浅的绿，它们像海潮一样汹涌而来，将我淹没。

公园呈平缓的山谷状。门内有袖珍的湖，映着天光和绿色山影，微波流转，魅力四射。湖边有条石铺砌的路，平整洁净，依山势蜿蜒而去。路那头有几对拍婚纱照的恋人，白衣白裙，沿深浓的绿意款款而来，加上翅膀，就是圣洁的天使了。在这样美好的日子里，他们就是天使啊！与他们擦肩而过的时候，我看见他们脸上藏不住的笑靥，像刚刚酿成的花蜜一样甜。

也有黄叶的，是刺桐花的叶。它们有的还在树上，有的已经落在地面，不管是落在石板路上，还是草坪上，都使一切显得生动活泼起来。事实上，路面倒更显得干净了。因为看见黄叶，感觉到了像北方老家一样的季节变换，这样的景象，让我心里涌起欢喜和幸福。三角梅和紫荆花开得热闹非凡，像天上的仙女跌落的紫色霓裳，让人惊艳。也有一种浅黄色的花儿，我不认识它们的名字，它们藏在枝叶间，花瓣儿和那些红的绿的叶一起，在逆光中呈现出晶莹剔透的质感，像黄的、红的、绿的玉一样。公园中部的瘦溪旁有一大丛臭菊，密密匝匝的花儿，比阳光的颜色还让人感觉到温暖和向上的力量。那些扶桑花的花瓣儿，像大红的天鹅绒，夜里拿来当被盖，也是不会冷的。

公园右侧的山坡上，有漆红的水泥游廊，走在里面，有回到历史深处的感觉。若是有紫藤花儿低垂，蜂儿蝶儿轻绕，那意境会更幽深美妙。仿佛看见古装的女子，钗环响亮，纤手娇容。那一刻，连满园的花儿都失了颜色。精致的草坪铺满整个公园的山坡，高尔夫球场一般，毛茸茸、绿莹莹，阳光在上面奔跑跳跃，一片春意盎然。树的影子投在草坪上，疏朗通透，像一些梦，缈远，而又清晰。公园最高处的山头，有三层的红色观景亭，亭周围是高大挺直的松树和桉树，那桉树树干的模样，让我想起北方的白杨，素洁白净，正如玉树临风。没上到观景亭里去，但能想象那种登高望远的开阔，亦会有君临天下的感慨吧。

一方小湖里种了荷，也种了莲。荷叶是枯萎的，没有生命迹象，而莲，却在这样的春日里开出粉色或白色的花儿，它们那紫红或嫩绿的叶，亦快要把湖面遮严了。我看着那些花儿，不知道用什么语言表达对她们的疼爱。她们竟然不问季节，不问寒暑，只顾把自己最火热的内心的美展现出来，这是怎样的热爱生命的力量啊。

园内种了大片大片的碧桃树，似乎能听见她们正在努力酝酿花苞的声音。踏春而来。我徜徉在绿意深、花意浓的森林公园内，迫不及待要看桃花那人面一样的容颜了。

走过圭峰山

猝不及防的，车就往上爬了。

紧紧抓住门把手，还是不能把身体固定稳当，摇晃得厉害，不时和旁边的人挤撞在一起。坡的斜度只怕接近四十五度了，车子像是要竖起来，真怕它的四个轮子没足够力气抓牢路面，一不小心出溜下去。心悬在半空荡来荡去，没着没落。

然而车窗外的风景很好。一阶一阶的梯地里种满茶树，树都不高，修整成圆形，像一个挨一个的绣球，深沉葱郁的绿，如果风力大些，它们会不会随风在山坡上滚动？山向四周绵延开去，茶树也便跟着绵延开去。它们头顶上是蓝得透明的天。一些村镇散落在山的褶皱里，像自然生长的植物，这里一丛，那里一丛。

待走到平路，除了茶树，坡上其他植被更加浓密起来，路边的树高大繁茂，洒下浓淡不一的阴影。芒草花开得正好，成片成片的灰白色，显示出冬日的苍茫。有几棵紫荆树，它们的花也正怒放，团团簇簇像和芒草争艳。紫荆树的包围里有一大块平地，平地那头，翠围绿绕中稳稳当当端坐着的，是洪恩岩的山门。目光越过山门，可以望见远处半山腰的大雄宝殿烟雾缭绕，仙气蒸腾。

将进门，眼的余光里亮了一下，向左看，山上有一线白，细细的，拐了一些弯，自上而下时隐时现，像是蜗牛爬过留下的痕迹。就叫它蜗牛迹瀑布,倒也贴切自然。紫荆树一路跟着,直到游廊处才止住脚步。又看见水,它们从高处来到低处去,遇阻而绕,见孔而入,平缓处静若处子,陡峭处动若脱兔,可成溪,可成潭,可成瀑。不管名字换成什么,水还是那些水,它们的脾性不改,清,澈,净,或低吟浅唱或高歌猛进,温柔中带了刚烈,是山的灵魂。

路也是山的灵魂。台阶由普通石头雕琢堆砌而成,粗糙鄙陋,正和山野的气质相配。落叶在其上静止,就像时光也静止了。树都无拘无束地生长,没有人修整它们,因此各种形状都有,直歪不定粗细不均,枝舒叶漫胡乱杂呈,其间是同样自由生长的野草与藤萝。鸟声是清脆的,然而除非小鸟张开翅膀飞离树枝,不然便难得看见它们。

水和路总是若即若离,时而并行,时而相交,时而遥望,无论如何总在彼此的视线内。也有石头桥,桥头有亭,古朴稚拙的风格,像来山里打柴的乡野村夫。野花们不管季节,白的,黄的,紫的,细细碎碎只管由了自己的性子开放。在这里,一切都是万分自由的。

闽南的寺院都是红色调,配以石头盘龙柱和各种佛家故事的浮雕,墙壁出砖入石,屋顶是龙凤翘脊飞檐,掩映在绿树丛中,晨钟暮鼓梵音悠扬,正如眼前的洪恩岩大殿,让人心生肃穆,不敢高声喧哗。殿前的潭水深不可测,不敢久久凝望,怕它照出人心底的私密与阴暗。然而就算不照,人做什么,它也能看见。

拐过正殿,路继续向山的腹地走,水依旧在路旁缠绕,似乎要带路去见自己的来处。周围越发静谧,只闻水声哗哗,若不是阳光满覆,真以为是在夜里。走着走着就浑然忘我,好像自己也成为山野间一块石头,一棵树,一株草,一根藤,地老天荒。

水的来处是一挂瀑布,因是枯水期,规模不大,水自断崖处垂下,参差跌宕,或成片,或成线,或成串,或紧贴石面,或散成珠花玉佩,像被某种巨大磁场吸引的雪花,疾速降落。若离近些,身上便溅了水雾,空气也清凉

湿润起来,像在冰箱里冰镇过。

瀑布旁是天然形成的洞穴,传说是清代著名文学家、《口技》的作者林嗣环读书处,名曰学士洞。林嗣环能取得那样的成就,是不是因为在这里读书时得了自然之灵气,天地之精华？洞有一间屋子那么大,内供孔子石雕像,摆了简朴的木质桌椅,闭上眼,似乎听见抑扬顿挫的读书声,与瀑布声融合在一起,宛如天籁。

路是静的,水是动的,茶是香的,其他植被虽不名贵却都生机勃勃,又有始建于南宋的洪恩岩坐落其中,这样的千年佛缘让这座山有了历史厚重感。然而一座山本身的历史更加厚重,它兀自存在亿万年,一直平静质朴地站在这里经风经雨,按季节变换生自己该生的,长自己该长的,有人来访也好,没人来访也好,它都不在意不说话。也便是这样的平静质朴更让人心生亲切,置身其境不由自主就欢欣喜悦洒脱不羁,想要和它融为一体。

匆匆来,匆匆去,像一阵风略过它的领地,它未必记得我,我却记住了它:茶乡安溪县虎邱镇圭峰山和它的风景。

洪濑清水岩记

柔软的冬日阳光,穿过淡淡的雾气,照在玉枕山上。山上林深树密,草叶繁茂,数不清的鸟儿低吟浅唱,犹如天籁。

风吹林动,树影摇曳处,见两孔龙虾目清泉,以泥石砌成圆形,隔乔界石相对而卧,一刻"刘仲春建",一刻"乔井流芳"。唐朝时期的泉,与民国时期的人,因善结缘,融为一体,留下千古佳话。泉水澄澈纯净,甘甜爽口,可明目,可降火,像乳汁,又像一双洞察世事的慧眼,在玉枕山上,和清水祖师,和观音菩萨,共佑十方平安。

因泉而名的清水岩寺,依山傍泉,参禅入定,从唐朝一直到如今。土黄色围墙连着门廊,遮起小巧的寺院,东西护厝为伴,祖师殿坐北面南,龙脊飞檐,屋顶灰瓦,廊下蓝墙,山水花鸟绘于其上,似大拙,却藏大雅。殿门口,左悬晨钟,右悬暮鼓,香烟缭绕间,梵音响起,有泉水叮咚,有桂花含笑,清香袅袅。

门廊前,大理石圆柱,和灰绿岩镂空盘龙柱撑起的大雄宝殿,虽不曾完工,却已见其高大雄伟、金碧辉煌模样。屋脊上,小鸟欲展翅,龙昂首,麒麟腾空跃。四面墙上门窗,殿内分列两旁的十八罗汉,端坐莲花台上的弥陀三宝,都是由樟木精雕细刻而成,未曾走近,早闻木香阵阵,不觉心明眼亮,神清气爽。

殿门前有放生池,左如意,右吉祥。红色,橘色,灰色,还有黑底白花纹的鲤鱼,在砌了天蓝色瓷砖的池内游弋。它们相互追逐,旋转成圆形,不分头尾,循环往复,悠闲自在,像流动的太极图,寓意深远,禅机无限。

吉祥如意池前,宽阔的广场边,精致轻盈的足友亭,足华亭相对而立。依石栏,向南望,眼前一片空旷。隔了雾气的远山,还有村镇田地,苍苍茫茫,缥缥缈缈,虚实不定,由不得心生恍惚,疑若仙境,不知天上人间。

广场之外,一百零八级石台阶时分时合,顺山势而下,一直到题了佛光普照的牌坊式山门前。站在山门处,回头向上望,弥勒佛笑卧台阶中间的莲花宝座,四大天王各执法器,分立台阶两旁的高台上。笑与威严,正如自由与规矩,在此处相互包容,合二为一,张弛有度。这,也是人生的最高境界呀! 一百零八级台阶,陡而不险,上与蓝天白云相接。冬阳穿云破雾,如佛光,洒在人身上,顿觉天宇之大,人如蝼蚁,自当日日三省,莫负了匆匆几十年,光阴似箭。

第三辑 奔跑的油菜花

过山门，沿路左去，再向左拐个弯儿，见两块巨石依在山脚，一书"孝"，一书"爱"，朱红色大字，在绿围翠绕中鲜艳夺目。经字向右走，栩栩如生的二十四孝石雕像，依续排列开去。走在这样的孝心之路，心境跟着故事情节跌宕起伏，万千思绪，难以平息。常言"堂上二老就是佛"，人知爱才知孝，知孝才知善，为人子女，应知父母恩，应报父母恩，若不孝敬父母，日日烧香拜佛又有何用？

经孝心路，上达观景台，雾气依然在，远山隐隐，村镇隐隐，心却是开朗的。再浓的雾气，也是遮不住佛光的呀！放眼望玉枕山，见清水岩寺，佛光普照，大孝大爱无言，龙虾目泉长流千古，恩泽遍及天下苍生！

盛世红莲

你未看此花时，此花与汝同归于寂；你既来看此花时，则此花颜色一时明白起来，便知此花不在你心外。

——王阳明

我的目光，在擦窗而过的疾风里穿行，看见近处的房屋跟着风越跑越远，看见远处的山跟着风越跑越近。跑远的房屋高矮胖瘦各不同，是洪梅镇的人家；跑近的山有个好听的名字叫玳瑁，它起起伏伏，横亘在村庄与天相接的地方，被层层叠叠的绿覆盖，看不见肌肤的颜色。

猛然间，毫无防备，有几角红檐从葱葱郁郁的半山腰现身，透过房屋间隙撞到我的目光，一闪即逝。待想看仔细时，房屋密集起来，将它们挡在视线外，不管怎么努力，再也寻不见。恍恍然，那红檐像田田荷叶间盛开的一朵红莲。居然，那就是灵应寺了！我们就这么猝不及防地遇见，来不及体味深山藏古寺的悠远意境，来不及调整初见时慌乱和激动的呼吸。

穿过一重山门，再穿过一重山门，路的弯便拐得急了，车像蔓草一样沿光滑平整的水泥路越绕越高。红尘渐远，佛门渐近。待看见第三重山门，也便是灵应寺在眼前了。红砖红瓦的门房中间，擎了石质镂雕盘龙柱的牌坊大门丹顶白墙，翘脊飞檐上描金绘彩凤翔龙腾，与守在大门右前方的护界亭相呼应，如神勇威武的将军般伫立。此时，心已静下来，没有了猝不及防遇见时的慌乱与激动，倒像是来赴一个老朋友的约。

灵应寺，我来了。

进得门去，上了石台阶，刹那间淹没在扑面而来的绿色里，树绿，草绿，空气绿，连目光里也有了绿，连呼吸里也有了绿。石板路就在这样浓浓的绿色里向前延伸，延伸成一千多年前那条崎岖蜿蜒的山路，路边有几个孩童在玩耍，他们的牛散在不远处低头吃草。我看见李文愈了，就是其中显得最聪明伶俐的那个。他在给别的孩子讲故事，他讲得很生动有趣，孩子们都睁大眼睛看着他，听得津津有味，目光里满含了崇拜。之所以崇拜，不光因为他故事讲得好，还因为他人小心大，懂得孝敬父母，明白事理，爱帮助乡邻，做了许多令人交口称赞的好事，还有他身上发生的那些令人不解的异事奇闻，更是让人不由得心生景仰。他能让死去的牛连叫三声；能以足代薪帮姑母解无柴之急；能脚踩斗笠过河而去；能用竹棍赶着瓮到河边清洗——而今天，是个好日子，阳光明媚和风徐徐，他为伙伴们讲完故事，又爬到最喜欢的枷吊藤上玩耍。枷吊藤悠悠荡荡，周围花草繁茂，他植下的倒抛竹在一旁垂首而立，青翠得要滴下绿的汁液，他栽的那棵杜杉树苗正挺直了腰杆，精神抖擞向着天空生长。在这样祥和宜人

的氛围里,忽听李文愈大喊一声:我住此地也!一阵祥光闪过,小小年纪的他尘缘已了即日飞升,成仙去了。

我看见那冲天而起的七彩光了,我闻见那扑人面的芳香了。

时光飞逝,转眼间过去千余年,玳瑁山还是玳瑁山,依旧沐浴在同一片阳光下。当年的小伙伴和牛都化作灰尘了无踪迹,而李文愈的骨骸,由感其灵异的乡人柯长者塑成真身佛像,修岩建寺供奉其中,尊为灵应祖师。此时,灵应祖师端坐在大殿宝座上,容颜还是孩童模样,皮肤光洁如玉,目光里童真未减澄澈纯净,香烟缭绕中面对四方善信的慕名朝拜,有一丝天真无邪的微笑在脸上绽开,一笑就是千余年。寺后峭壁上的枷吊藤还在,寺旁边的倒抛竹还在,葱茏苍郁一如当日又胜过当日,而那棵杜杉树,已长成近五十米高,树身需四人合力才能抱拢的古树。千余年来,它们见证祖师让遭灾患疾的村民逢凶化吉,为久旱缺水的土地降下甘霖,而求财觅运者,先要自己苦心经营,心怀善念,才能得到祖师的护佑。

我似乎看见,来为灵应祖师撰写真身塔碑文的弘一大师,合掌于祖师面前,与祖师用目光和心灵谈经说法。光阴流转相隔了千年岁月,他们的菩提心是一样的,都是引人向善的大爱。什么是大爱?大爱,就是慈悲!

沿观音阁旁边高高的石台阶攀登而上,是白石板铺成的宽阔平整的露台,露台左右有精巧的凉亭,一题积德苑,一题紫竹苑。高大的白色石雕观音菩萨,手持净瓶,端立在露台中央的莲花台,双目微垂面目祥和,让人感觉到永世的安宁和静好。我站在莲花台旁,望向菩萨所望的方向,看见浓密的芒草花和树的枝叶那边,淡淡的雾霭包裹着的,是层层叠叠的村庄和连绵不绝的远山。我又抬头仰望菩萨,她的目光如东海一样深邃缈远,我明白,她看见的远不止我看见的那些滚滚红尘的表象。

恍惚间,我生出双翅飞到玳瑁山上空,看见泥土和石台阶形成的山路起伏在繁花密树间,将依山而建的灵应寺主体建筑连在一起。放生池,天王殿,真身殿,大雄宝殿,观音阁——红瓦的顶红砖的墙,弧形的屋脊燕尾的飞檐，精雕细刻的腾龙与翔凤——灵应寺就是一朵盛开了千余年，还将继续盛开下去的红莲花呀！

这一朵盛世的红莲花，从此开在我心内了。

悠悠白云寺

去白云寺的路，像一条宽宽的飘带，缠绕在南安榕桥白云山山体上。看得出路修好时间不长，翻到路外的沙土上还没长出多少植物。路不平整，不时有雨水冲出来的沟沟坎坎横躺在路面，摩托车经过时蹦起老高，颠得我差点掉下去，"哎呀"一声叫，赶紧抓牢朋友的衣服。风从耳边掠过，呜呜响，把我的长发吹得狂飞乱舞，偶尔有一缕打在脸上，挺疼。靠近路边的植物叶片上有灰尘，像人很久没洗脸，迷蒙蒙睁不开眼。远处的植物是苍茫的绿，其中点缀几团深浅不一的黄和红，它们和一丛丛灰白色的芒草花一起，表达出闽南冬天的质感。

摩托车又转一个弯，又爬一个坡，从矮山崖中间穿过去，眼前豁然开朗。四周的山坡把白云寺所在的地方围拢起来，像一块盆地。左边靠近山脚，一座大雄宝殿正在兴建，还不曾完工，却也看出大概的面貌了。能够遥想出它将来的高大雄伟，金碧辉煌。工人们散落在建筑上，各负其责，做着属于自己的工作。叮叮当当的雕琢声传出去很远。摩托车继续走，穿过树林间的小路，"突"的一声，停下。

在我想象中，白云寺是建在山之巅峰的，它高大气派，长年云雾缭绕。

第三辑

奔跑的油菜花

然而眼前的白云寺却非常小，石墙灰瓦，翘脊飞檐，描金绘彩，典型的闽南庙宇样式。又恰似一个农家小院依在北面山脚下，亲切随和，没有陌生感。这座始建于北宋的庙宇，供奉的是南海观音，初名碧云寺，明代改称白云寺，"文革"期间遭破坏，现在所见的，是二十世纪九十年代重修的。石砌的院墙外有三块石碑，石碑附近有铁树、松柏、玉兰树。松柏的叶子绿得深厚浓稠，像密密麻麻的日子，不可数。一棵圣诞树，站在院子右墙外，像一大团火在熊熊燃烧，红得耀人眼。大门内侧有桂花树，细小的、黄色的、米粒大小的花儿们挤在叶子中间，随意挥挥手，就撒了一把花香到空气中，钻到人鼻子里。几株茶花依在南墙根下，纯白色的花儿开得正旺，让人想到圣洁这样美好的词汇。也有几束菊，开着丝状的紫红色花儿，幽幽暗香，扑人面。白云寺主殿门前，搭了铁皮雨棚，有些怪，但是很实用，下雨的时候，就不会淋湿信众和香烛，也不怕雨水打到屋檐下。丝丝缕缕深长幽远的梵音，穿过殿门，和香烛的烟一起，和院子里的花香一起，缭绕在白云寺内外，缭绕在远远近近的山间。还不曾进入殿门，还不曾拜见法相庄严的观音菩萨，心已经静下来，像雨后初晴的天空，空灵通透，纯净明澈。

寺右边的山坡上，有几棵柿子树。树叶掉光了，柿子也早没了踪影，只有黑黑的树干和枝杈，在铺了薄云的天空下，寂静无声。偶尔有一两只鸟飞过，站在某根细枝上歇歇脚，瞬间又飞离而去，那根树枝便荡呀荡，像闲得无聊的孩子。柿子树后面，是一大片芒草，芦苇一样高一样浓密，那些灰白色的花絮低垂着头，和柿子树一起，合成一幅黑白画，给人一种历史的纵深感和厚重感。忽然想起李贽。这位明代著名的思想家、文学家和史学家，曾在白云寺右厢房读书学习。他之所以取得那么大的成就，流芳千古，和白云寺聪慧灵秀的环境是分不开的吧！日升日落，时光流转，转眼数百年过去。我不知道，明代的白云寺以及它周围的样子和现在有什么区别，但我依然在恍惚间看见身着长衫的李贽，手捧书卷，或在夜里坐于室内伴青灯梵音，或在白日穿行寺外林间小径沐鸟语花香，古今多少事，便都在这宜人的境界里，了然于胸。

　　我是去年年末去白云寺的，如今已是一年过去，白云寺的大雄宝殿早就完工了吧。我仿佛看见，植被繁茂，鸟声清脆，烟雾缭绕中，新的大雄宝殿，还有旧的白云寺建筑各自依在山脚，在冬日午后的斜阳里，闪着暖黄色的光芒，令人身心舒缓。

第三辑
奔跑的油菜花

∨∨∨

第四辑

烟雨迷蒙处

烟雨迷蒙处,有莲花开放

雨,就那样下着,星星点点,不急不缓,像极了一场恋爱,缠绵而浪漫。

干净整洁的石板路,像一首舒缓的轻音乐,曲折婉转,依坡而上。雨水做的衣裳,映出行人若有若无的影子,像个梦。没有风,树和草都静默着,任雨水洗去身上的浮尘,翠玉一般闪着光。伞面上种满了雨点,顷刻间生根,发芽,"砰"的一声,开出雾一样的花。

小巧玲珑的石亭寺,依偎着莲花峰,掩映在绿树修竹中,淡然,娴静。清秀端庄的大门内,石砌的主殿古朴典雅,斑驳的石柱与石梁上,雕刻着红色的历代名家楹联和题词,那是历史的呼吸。殿内供奉的诸位菩萨,体态丰盈饱满,神态自然安详,随时都准备倾听你的诉说。红瓦朱墙的配殿,檐角的行云,屋脊上的飞龙,吸天地精华,收草木灵气,享佛之香火,有了生命般轻盈灵动。屋檐有雨水滴下,是天然的,透明的珍珠穿成的门帘,有风吹过,晃晃悠悠,似有叮当声响起。钟鼓楼内有石桌石凳,坐下小憩,品着香茗,目光掠过树间缝隙,丰州各村容颜尽收眼底,那一片繁华热闹的景象,似乎近在咫尺,又仿佛远隔天涯。烟雨渺茫处,乳白色的晋江蜿蜒而去,直到天尽头。

穿寺而过,窄窄的不规则的石台阶,在树与岩石间回旋,像一个充满智慧的老者,引着你向前去。有栀子花如雪。而相思树上的每一朵小绒球,都饱含着温暖的思念,每一片修长的叶子,都饱含着绿色的缠绵。形态各异的巨石上，随处可见摹崖石刻，不同的书写风格与内容，让你感受着不同时代、不同人物的内心世界。最是那《不染心》，让你的心也跟着澄明清澈，像被雨水洗过，没有一丝灰尘，如汩汩涌动着的清冽的泉水，甘甜，温润。

通向莲花峰的路狭窄陡峭，在雨中更是湿滑难行，却挡不住你那急切的脚步，和一颗向往的心。站在峰顶放眼四望，一片碧波荡漾开去，远远近近的村镇，如一艘艘巨大的轮船，航行在绿色的海洋里，平稳，安全，驶向理想中的彼岸。而莲花峰，是那导航的灯。

在这样一个飘着细雨的日子里，静静地坐于莲心，闭眼，深呼吸。绿色的茶香扑面而来，久久地，萦绕不去。耳边，传来莲花开放的声音。你忘记了尘世的喧嚣。

丰州，桃源，莲花峰，一个清静幽雅的所在，有着小家碧玉般的俏模样。石亭寺，是她善解人意的灵魂。

碧波之上有慈航

十月初，杨梅果早已了无踪迹，只有满眼的绿，在微风里，像涌着波涛的海。一条弯弯曲曲的林荫路，是游船，载着我的渴望和好奇，乘风破浪，驶向雪峰寺。

雪峰寺？是建在常年积雪的高山上吧？通体是雪白的吧？是可以和白云对话的吧？想象里，一座云雾缭绕的寺院，晨钟暮鼓，映着雪光，庄严

肃穆，又充满温暖。

然而，福建南安康美镇的杨梅山上是不下雪的。

跟着路，带着疑惑，穿过由赵朴初先生题着"庄严国土"四个字的牌坊式山门，转过最后一个弯，转过最后一棵树，当依山而建，有着层次分明、迂回婉转的白石栏杆护着的长台阶，有着错落有致的殿堂，有着朱墙红瓦、斗拱飞檐的雪峰寺出现在眼前的一刹那，我张大了嘴巴，脑际不由闪过布达拉宫的影像——虽然，雪峰寺远没有布达拉宫那么高大巍峨，独立苍穹，但在古木成林、巨石成群、清静幽深、碧波荡漾的杨梅山下，她是那么金碧辉煌、壮观气派、摄人心魄。

过停车场，站在大门前的平台上凭栏南望，见草木森森，溪水如玉，远山如黛，良田屋宇星罗棋布。正如南宋大儒朱熹联中所言：地位清高，日月每从肩上过；门庭开阔，江山常在掌中看。缓步径西侧，回龙阁的身影倒映在放生池内，数不清水中有多少生命，在佛的庇护下过着悠然自得的日子。转过身，目光落在依山而砌的石墙上，墙上有民国丁卯年，中华佛教会会长圆瑛所书的"松风水月"四个字，自然流畅的字体，与墙前的莲池相映成趣。仿佛看见，在夏日的夜晚，如梦如幻的松涛声里，池内月光如缎，而怒放的莲花，如凌波仙子般翩翩起舞。

跨过院门，还不曾进入大殿，只是站在殿堂围成的四合院里，就已经感受到佛无处不在的目光。捂住怦怦乱跳的心，感觉到虔诚汩汩升起。包裹在这样的目光里，包裹在缭绕的香烟和阵阵梵音内，便觉得自己是平安和幸福的，这平安和幸福，会相伴一生一世。

随着脚步的移动，景物的变换，心中那个疑惑打成的结，被一只灵巧的手，慢慢地，一点点地解开——

雪峰寺从南宋走来，近千年的岁月，几经兴衰，历经沧桑，各任住持苦心经营，接待了无数善男信女，留下无数名人来访的印迹。我看见他们穿着各式各样的衣裳，穿梭在殿堂里，在佛前焚香叩拜，在禅房与住持谈经说法,在寺内外吟诗作对、挥毫泼墨。那些飞扬灵动的词句,化成烫金的字,在匾额、廊柱和摩崖上熠熠生辉,让人感觉到雪峰寺历史的厚重与饱满。

华严殿后左侧,靠青山、伴古木、依修竹、小巧精致的晚晴亭,就是为纪念三老在雪峰寺会合而修建的。太虚洞和转逢塔也因此得以重修。

那是一九二九年岁次己巳除夕,弘一法师和太虚法师不约而同来到雪峰寺,和当时的住持转逢和尚挑灯夜话,共迎新春。那一夜,禅房内烛火通明,香烟缭绕。三位高僧谈笑风生,讲经说法,妙语如珠。祥瑞之气从禅房溢出,充满整个杨梅山。这段千古佳话与奇缘,刻在晚晴亭内的石碑上,与亭左巨石上太虚法师的即兴诗相呼应,让那个山水也为之动容的日子清晰如昨。

晚晴亭旁有山路,崎岖蜿蜒在遮天蔽日的林木中。沿路到半山腰,便是太虚洞。太虚洞本为天然洞穴,一九二八年,陈敬贤、苏慧纯在洞口砌墙成屋,起名太虚洞,供转逢和尚居住。因此,太虚洞是善缘结的善果。此时,洞旁绿树成荫,藤蔓攀延,野花点点。洞前是阶梯状茶园,茶香扑面,视野开阔,如农家小院儿般亲切随和。透过洞内大小不等的石缝,可看到绿树与蓝天。住在这样的环境里,与大自然共眠,心胸会与天地一样宽广无边吧!

沿洞前小路往右拾阶而上,是个舍利塔。岩石砌成的塔身静静地站在平台上,看日出日落,听林涛鸟鸣,任风吹雨打,时光荏苒,佛心永在。

世间万物,形成皆有因,而雪峰寺名称的由来,是因了唐朝义存和尚的孝心。义存和尚在中国佛教史上有着辉煌业绩和显赫地位,是福建闽侯常年积雪的雪峰山上雪峰寺的开山祖师,被尊称为"雪峰和尚"。他的家乡在杨梅山下的湖宅宫田村,父母去世后合葬在杨梅山下,俗称"白马坟"。义存曾在坟前结茅守坟并修行。北宋徽宗时,学官黄祖舜在坟前竖碑,上书:雪峰父母坟。南宋淳祐三年,天赐和尚在坟旁筑庵梵修。后经

一再扩修而成雪峰寺。

雪峰父母坟在寺院西楼后，历经千余年沧桑，见证了雪峰寺的成长，发展，壮大。两位老人生前是友僧亲佛的善人，义存禅师因此与佛有了不解之缘。如此善生佛缘，孝生寺缘，源远流长，法水长流。

我知道，只这么匆匆一瞥，是不能观雪峰寺景之万一的，但就是这么匆匆一瞥，雪峰寺的影像已深植在我的脑际，再也抹不去。离开的时候，下起小雨，雨滴洒在杨梅山上，洒在雪峰寺上，洒在我豁然开朗的心上。

雪峰寺，正如碧海之上的慈航，佛光闪烁，普度众生，恩泽万代。

慧泉寺洗心记

暮春时节，又来到佛教名地杨梅山，探访距雪峰寺二里之遥的慧泉寺。

细雨初歇，空气澄澈湿润，柔软洁净，一呼一吸间，如股股清泉淌过五脏六腑，感觉到淤积在体内的世俗污浊，被冲刷得分崩离析，慢慢消逝于无形。整个人刹那间空灵通透起来，像路边橘园里的橘子花，纤巧洁白，轻盈曼妙，散发出阵阵幽香。目光所及都是绿色，无边无际，从四面八方汹涌而来，只在脚前留下一条窄窄的石头路。石头路古老陈旧，起起伏伏，崎岖蜿蜒，在高大浓密的树林间向前延伸，虽看不见尽头，却知道只要跟着走，就能到达柳暗花明处的慧泉寺。路上石头呈不规则形，看似随意却是有序地排在一起，或大或小，凹凸不定，走得久了，脚底有一种麻热的感觉,浑身的细胞都舒展开来,像走在天然的按摩器上。有落叶堆积于路面,或腐朽或枯黄,相互交叠,不知经年,恍然如人生,春夏秋冬,生生落落,亦不过是自然规律罢了。

同行者,有的走在前面,有的走在后面,他们被密树挡在咫尺天涯外,正如山林间的鸟儿,但闻其声,不见其影。不知道有多少鸟住在山林间,每只鸟都是歌唱家,每棵树都是舞台,每片树叶都是幕布,却遍寻不见歌者容颜,只有充满激情的歌声连成一片,或婉转曲折,或高亢嘹亮,咽啾不绝,把寂静的山林唱得更寂静,像外表文静的人,却有一颗异常活跃的心。

不经意间回头,见一黄袍僧人,束伞为杖,目不斜视,低头疾行,很快便超过悠然四顾的游客,消失在绿树掩映的小路深处。耳边传来山泉走过的脚步声,叮叮咚咚,哗哗啦啦,清脆悦耳。泉身时而藏于密林,时而伴路同行,又因雨而丰满,有水溢上路面,需小心,才不会踩湿鞋子。上一斜坡,路面更显湿滑,先前见过的黄袍僧人,正弯腰在路边选择合适石块,顾不得自己鞋子被打湿,搬到泉水横流处做垫脚石。踩着这些石块,稳稳当当走过湿滑处,不觉心生温暖和感激。出家人慈悲,度人身,亦是度人心。

继续往前走,古木参天处藤萝缠绕,更显路的深邃与幽静,能听到黄叶落地的声音。忽见路边一石,上刻描红"心"字,如人静卧,稳重祥和,自在安然。有同行者欢喜不已,手舞足蹈一番,站在石旁与心合影。因铺垫脚石落后的黄袍僧人刚好赶上来,朗然一笑说:"你的心在,这颗心就在,你的心不在,这颗心就不在。"言毕飘然而去。望着他的背影,发一会儿愣,思忖半晌不得要领,终是悟不出此语暗含何种天机。

带着疑惑默默前行,出密林,豁然开朗。天空白云苍茫,山顶白雾弥漫,旋转翻腾处,缥缈而神秘。路右山脚巨石成群,石顶有木屋,石边有栏杆。其中一石形似鲸,上刻描红"飞鲸"。飞鲸自有来历:当年,观音菩萨从南海到杨梅山慧石上讲经,便是乘鲸而来。四方菩萨或乘大象,或乘龟,或乘蛙,一起来听经。众菩萨走后,坐骑皆化为石,在慧泉寺周围形成仙

境般奇异景观。飞鲸石附近有橘林，一村妇正给橘树施肥。凡果结在仙境，也便沾了仙气，如此仙凡相融，自是妙缘天成。

路依旧迂回曲折，正不知林木森森何处是尽头，眼前出现一座古朴拙雅的石砌山门。穿门而过，再走一段清幽小径，枝叶掩映间露出一角白墙，墙前崖下有放生池。沿池旁陡峭石阶上去，便看见慧泉寺全貌。慧泉寺始建于唐大和年间（八二七—八三五），穿越千载历史风烟，时兴时废，是杨梅山十八座寺庙中历史最悠久的。眼前所见是近几年重新修建，寺名为弘一法师所题。整个院落是皇宫体建筑，三开间，两进深，双护厝，燕尾屋脊，灰瓦红砖白石，色彩协调，小巧精致。香烟缭绕处，观音、文殊、普贤众菩萨面目祥和，法相庄严，不由得心生敬畏。寺旁有千年古井，井水甘洌清幽，名曰慧泉，寺名亦因此而得。泉由山生，寺因泉名，顺其自然，浑然一体。慧泉寺虽修建最早，其规模和拥有高僧数量，却都不及统领山中诸寺的雪峰寺，然而两寺为邻，又都从十八座寺庙中留存下来，两相照应，一脉相承，成为杨梅山的灵魂。

稍作休息，别慧泉寺原路回转。山门外另有小径，仅容一人通过，举头难见天日，需小心才不会碰到树叶枝杈。路尽头别有天地，以自然景色稍加布置，休闲椅、吊床、体育器材，可随自己喜好选择。有夫妻树，五子登科树，还有一些励志悟语，都是劝人以和为贵，以善处事，知足常乐。可见创建者之用心。

再过飞鲸石，走近细瞧，见石下有洞，沿洞内石阶上去，原来就是明代佛化禅师修行住的石室了。石室在天然洞穴基础上稍加修整，加门加窗，虽不及雪峰寺太虚法师所居太虚洞宽敞精致，却也自有一番境界。佛化禅师长年在此修行，至清代，有和他同法号者亦在此修行，也算是机缘巧合了。

此时，室内陈设简陋，凿壁为龛，供奉释迦牟尼佛像，香案之上烟雾袅袅，洞顶潮湿，不断有水滴落下来。案前站了三四人，其中一个正是黄袍僧人。听见他说："既来到山里，就要把心带来，若在山中还想着山外万千烦恼事，便没有任何意义，不如不来。"于是恍然大悟，才明白他之前在卧心石旁所说便是此意。又听他列举来杨梅山者，但凡满怀虔诚爬到山顶，以后都心想事成。不觉后悔刚才没继续往上爬。有摄影爱好者要为他和石室拍照，他断然不肯，说自己修行还不够，不能留影。于是心内释然：人贵有自知之明，境界不同，达到的高度也便不同，刚才没爬到山顶，不是爬不到，而是因为目标只是慧泉寺。室内有一原木茶几，几面上三个年轮外圈相切，正是一树分三枝最微妙部分，如佛打坐，令人惊叹！僧人说，这本是放在柴房当柴烧的树根，他发现后要来做成茶几，是千载难逢，需要很深的慧缘才能遇到的，言语间满是欣喜。僧人有双慧眼，变柴为材，成就与几的缘。

交谈间，才知僧人法号道良，在石室修行三年，并将继续修行下去。人有恒心方能成事，这样的执着令人敬佩！临别，道良法师赠每人一本佛经，说可保平安，可辟邪消灾。想今日从雪峰寺到慧泉寺路上，不早也不晚，四遇道良法师，见他疾行，铺垫脚石，说禅语，解禅语赠佛经——这样的巧合，是多少世修来的佛缘！

手握佛经，站在绿荫深处，回首飞鲸石下陋室，心经慧泉涤荡，更加清明澄澈。

芸林宝湖漾佛光

因为雾霭的缘故，从南安英都芸林村看龙湖山，是个朦胧的影子。这种朦胧，很容易让人联想到仙境的美好——若此时上去，也会成为仙中一员吧！这样想着，竟迫不及待起来。

车子在芸林村街巷里游走，游过古厝新屋，游过三角梅，游过芭蕉树，游过晚稻散发出来的清香，游过弯曲的山路，游过成片的芒花。芒花，在微风里舞着灰白色的笑容，是一种悲壮、苍茫、野性的美，让人禁不住想去拥抱亲吻。而车子却只管向前游去，转几个弯，停下。

阳光穿过雾霭，像一只巨大、温暖、透明的手，抚在龙湖山上，抚在龙湖山怀抱里的宝湖岩寺上。坐南朝北的宝湖岩寺，以红色为主调，层次分明，精巧别致，描金绘彩，雍容华贵。屋顶之上凤翔龙舞，各路仙人姿态各异，遥相呼应。整座寺院在翠围绿绕、松涛竹浪、枫叶流丹中如真人坐禅般入定。也像个孩子，依在母亲柔软舒适的怀里酣然入睡。

站在岩前的台阶下，仰望，弥勒佛一如既往袒开胸怀坐在山门内，以亘古不变的笑容，迎接四方朝圣者。那笑容和法身一样是金色的，带着阳光和火的性格，如春风般散开去，让人感觉到放松与温暖。纵然心中有诸多忧愁苦闷，在这样的笑容里，也会在顷刻间烟消云散吧！

一个台阶一个台阶攀上去，一步一虔诚，穿过四大金刚的注视，来到弥勒佛身边。心，在佛的笑容里融化，像在旁边的香炉内燃烧过，滤去世俗,留下的,是无边无际的对茫茫苍生的爱。依在佛旁南望,目光拥抱住的,是起伏的山,青翠的树,潺潺的水,层层的田,绵延的屋。这片广阔无垠的沃土,蕴藏着无限勃勃生机,恰似宝湖,又胜似宝湖。

转过山门,是正殿。由清道光十四年(一八三四)安溪知县刘抠亲笔题书的"宝湖古地"牌匾,高悬于正门之上,让人听见宝湖岩寺走过历史的足音。小巧的长方形天井里,精致的铜香炉内香火点点,缥缈的烟雾盘旋而出,缭绕于殿宇内外,如身着霓裳的仙女。抬头望,天井似一扇窗,将殿后的高山碧树和蓝天白云含住,人心也跟着朗阔起来:不管身处什么逆境,只要将心开一扇窗,便可闲看日出日落,天远云悠。殿内供奉的弥尊三宝和菩提祖师正襟而坐,面相丰满,庄严肃穆,目光洞穿茫茫宇宙,从远古看到现代,从现代看到未来,让人不敢也不能隐瞒内心的一切龌龊。佛前的两座功名灯灯火长明,一盏灯是一颗虔诚的心:放下邪念,便有无量光明,无量寿命,无量功德。左边通向禅房的三道门敞开着,形成一条长长的走廊,走廊里洒满阳光——不,是佛光,这是一条通向佛心的路。

向右穿过接待室旁的后门,拾阶而上,是后殿。这是整个寺里最开阔的院落,紧依山崖,两根灰绿岩的盘龙石柱,和十几根题着烫金对联的花岗岩石柱,撑起一座金碧辉煌、雕梁画栋、宽敞明亮的大慈大悲殿。千手观音端坐正中,面目和善,优雅安详,双眸如清泉,将人心洗涤得空明澄澈,不染一丝尘埃。十八罗汉分列在院两边的红罗帐内,姿态各异,表情各异,似在讲经说法,谈古论今。悠然忘我的境界里,不知几春秋。

出东门,不经意间抬头,见一块高耸的巨石上面刻着一个红色的龙飞凤舞的"佛"字。阳光穿过相思树的枝杈,给"佛"字镶了数道金光,别样的壮观,别样的震撼。心里涌过一阵激动,眼里竟蒙了泪水。不由想起孝子洪龙章重建宝湖岩寺的典故——宝湖岩最初叫湖内岩,始建于距今四百余年前的元末,后来湮废。乡人把如来、祖师诸佛像移入龙宫洞内供

第四辑 烟雨迷蒙处

奉。清代中期，与母亲相依为命的孝子洪龙章上龙湖山砍柴，为躲避猛虎，失足落入龙宫洞而保命。龙章叩谢过众佛救命之恩，承诺有朝一日发达，一定重建岩宇。后来，他辗转到上海经商，几经努力，终于衣锦还乡。于是重建寺院，重雕如来、祖师诸佛金身，又更名为宝湖岩。成功，总是有缘由的。我佛慈悲，佛光普照，普度众生，但是，首先需要人自己至善至孝，自力更生，勤经善营，方能诸事顺意。

经过"佛"字，向山上攀去。山上花草繁茂，古木葱茏，遮天蔽日。崎岖小路如藤萝般缠绕在林间，时而舒缓，时而陡峭，时而曲径通幽，时而豁然开朗，时而辅石板为梯，时而凿岩石成阶，时而开阔三人并行，时而仅容一人通过。路外倾斜光滑的岩壁上，皆有二到三层不锈钢护栏围绕，如佛宽大温暖的手掌，托住每个游者的平安。半山腰处的霞飞亭，依山崖傍清流，白石为柱，红瓦为顶，如一朵盘旋不去的彩云，清丽妖娆——好一处飞霞流泉！而人，便成了云上欲飞的仙。从霞飞亭下来，再行一段路，是四叠奇岩，见怪石嶙峋，如刀劈斧砍般峻峭。倾斜的之字形岩石路，虽有护栏围绕，依然走得人心惊胆战。稍将心儿平复，钻过仅容一人通过的石洞，是一块较平缓的巨石。石旁枫树成林，红叶如蝶儿般飞舞，如风儿般私语，如梦儿般绚丽——倘若夕阳西下之时，红枫夕照，会更有一番醉人的景象吧！这样的景致，佛自是喜欢的，你看那宝湖岩寺开成一朵红色的莲花，是无边的慈悲，是无边的欣喜。

将要离开，却见寺右边的巨石上雕一龙头，龙口中有细泉涓涓而流，题名：龙泉圣水。掬一口品尝，清冽甘甜，直润肺腑。那圣水流得缓慢悠长，如佛语声声，梵音阵阵，渗透到身体的每个角落。

车已行，心却留，欲化作翩翩蝶儿，翻飞在岩宇内外，晨钟暮鼓里，参悟滚滚红尘。

夜访灵通山

远远看见灵通山时，已是黄昏。

灵通山明显不同于它周围的山。它周围的山，都是平缓地延伸向远方，有着流畅的线条，唯有它突兀地站立着，高大陡峭，嵯峨嶙峋，气势不凡，呈现出阳刚之美，那是它以灵通岩为中心，七峰十寺十八景特有的气质。未到山前，已然心生敬畏。

车子穿过平和县大溪镇，一直向前开，越是开向山的腹地，路就越陡，弯也越急，人随车动，左右摇晃。路两边的杂树和竹葱葱郁郁，从鹅黄到深绿，相互交错，层次分明。

到山门口，天色黑下来。从停车场到主景区擎天峰灵通岩旁的招待所，需走近千级石台阶路。我和先生拉着三岁的航儿，捡拾着台阶，匆匆而上。有上弦月，台阶在月色下闪着幽幽白光，小虫在草丛里低吟浅唱，泉水在岩石上哗啦啦流淌。树，石头，山，凉亭，还有我们，和愈来愈深沉的夜融合在一起。有野花的气息扑面而来，是山里的夜散发出的体香，城市里，是闻不见的。仰头，透过浓密的枝叶缝隙，看见高大巍峨的崖壁上有点点灯光，那就是灵通寺了吧！我拿出相机，想拍下悬崖和它额头的月，却拍成一团模糊的影子。有些风景，是只能留在记忆里的。

三十分钟后，走到一处平台，半月形，外侧有半人高的围墙。依围墙向下瞰看，远远近近的山，在月光里朦胧缠绵。山间散落着大把大把的夜

明珠，是村镇人家的灯光。平台内侧，有开口向左的 V 字形楼梯，垂直依在崖壁上。手扶铁栏杆，小心翼翼登上水泥台阶，像脱离了凡尘俗地，走在半空中。十几米处的楼梯尽头右转，是建在天然崖洞里的灵通寺。灵通寺始建于唐，砖木结构，飞檐斗拱，雕梁画栋，古色古香。山门有对联，"灵光遐迩山络绎；通洞幽明日瞳眬"，巧妙地嵌了"灵通"二字。一进深的大雄宝殿在洞内，钟鼓楼在洞外，整个寺宇以山石为基，就洞起屋，内墙为石壁，上有危岩，下有深渊，颇有悬空寺模样。殿内供奉法相庄严的弥陀三宝和观音菩萨，两旁是姿态各异、举止传神的十八罗汉。弥勒佛自然是大肚依旧，笑容依旧。整个建筑以红为主色，在暗夜里的灯光下，更显得金碧辉煌，神秘缥缈，疑入仙境。不由得赞叹自然造化，也赞叹人类的聪明智慧。人与自然，配合得如此巧妙和谐，天衣无缝！

穿寺而过，是招待所。同学已等候多时。二十一年不见，他们似乎都没什么变化，音容笑貌，还是那些毛头小男孩儿的模样，亲切，自然，恍如回到青涩的少年时代。吃过饭，约好第二天早上去擎天峰顶看日出，也就早早休息。

早上四点半，大家汇合好，沿招待所后面的山路右行，去擎天峰顶。

月已不见踪迹，深邃的天幕上，铅黑色的云层间隙里，有几颗星星忽闪忽闪，村镇里的灯光也忽闪忽闪。那些灯一夜长明，是为了照亮夜行人的路吧。我看着那些灯光，心里涌起温暖。石台阶隐藏在黎明前的黑暗里，需小心辨认。虫子的叫声稀落了很多，我们的对话轻声细语，怕惊醒沉睡的山里的一切。

没走多久，见路左有钢管焊的天梯，直贴在刀削斧劈般的崖壁上，崖顶需使劲仰头才可见。以为就是擎天峰，大家一个个轮流往上爬。好不容易爬上梯子尽头，却发现前面是断路，又费半天劲下来，继续往更深的山里走。可见，人在旅途，很容易被一些假象迷惑。天色渐渐亮起来，看得见石头和树的模样了，路却越来越难走，从崎岖狭窄的台阶路，变成山洪冲击成的乱石路。乱石路在山谷中间，两边是高不可攀的悬崖。树很高，枝叶浓密，难见天日，有早起的鸟儿高声鸣叫。想象山洪从这里奔腾而下，那摧枯拉朽的壮观景象，心中悚然。行走间，一块无比巨大的落石挡住去路，挡住我们头顶的一线天，它夹在两座山峰中间，好像随时都会滚下来，顿时心生恐惧。一段护栏，把我们引到巨石左下方，有天梯夹在半米宽的岩石缝里，直贴在光滑的石壁上，只容一人通过。爬上天梯，后面的路更难走，不时有同样的天梯出现。人在梯上，会想起人生，人生也有难走的路，需小心，需努力，需执着，而且，一些天梯是只能自己搭的。我三岁的航儿，在梯子上咯咯笑，无知者无畏。

爬完第五个，也是最后一个天梯，眼前豁然开朗。天已大亮，高大的树木突然就消失了，也不再有石头台阶，是纯粹的人走出来的羊肠小路。路两边是油光发亮的山草，像梳得流畅顺滑的头发，看得到风吹过的痕迹。草丛里夹杂着稀疏矮小的野山茶。听说本地特产"灵通岩茶"，便是采集它们的嫩叶制成的。那茶喝起来，会有山风和山雾的味道吧。

沿路爬到海拔一千二百八十七米的擎天峰顶，顿觉"山登绝顶我为峰，桑田湖泊眼底收"，风吹衣袂，飘然如仙。没有缘分看到日出了，厚厚的云彩，把日出的壮观挡在身后，只留下一条长长的橘黄色丝带，横在东边的天尽头。洁白的云雾缭绕在远处山间，露出来的山头，像浪花里的船。村镇里的房屋，唯有土楼现出明显的轮廓，圆中有圆，像古老的语言，在山间回荡。

灵通山其他六峰散布在周围，崖壁凌立，峰峦叠翠，雄奇险峻。怪不得明朝大学士黄道周曾感叹："与黄山相似，或有过之，无不及者。"黄道周，还有与他同朝的大理寺正卿陈扬美、太常寺少卿陈天定等人，年少时都曾在灵通岩寺中攻读圣贤书。他们能进入仕途，除去自身的刻苦，也沾了灵通山的灵气吧。如今，他们也在灵通岩寺里占了一席牌位，供后人拜谒，这是多么悠远深长的缘呀！缘，是在天地洪荒之时，就注定了的。正

第四辑

烟雨迷蒙处

如一亿两千万年前,这里的火山经过无数次喷发和沉积,才形成了如此典型的丹霞地貌,从而成就了灵通山。正如我因见同学来到灵通山,灵通山也就成了我们重续同学情的平台,它见证了我们重相见的喜悦与温馨。

在鱼形的峰顶远眺,拍照,感叹,然后依原路返回。黑暗里走过的路明朗起来,更深刻地感受到它的险、奇、秀,还有那浓得化不开的绿。回招待所吃过早饭,来不及去其他景点,便匆匆下山。走在人来人往的石台阶上,航儿的笑声,像路边的山泉水一样,清脆明澈。我不时回头,看见灵通岩寺,像一朵闪着佛光的莲花,盛开在擎天峰崖壁上。

黑夜那头的长寿村

离开邯郸古城时,夜已降临,街边的路灯和霓虹灯绚烂亮丽,斑驳的树影如流水般漫过车窗,柔软温婉,无声息。

目的地,是武安的长寿村。这是一个陌生的名字,也是一个熟悉的名字。长寿,亘古以来,上至政府高官,下至黎民百姓,哪个不向往长命百岁? 甚至渴望与日月同辉,永生不老。因此而发生的故事,可笑的,离奇的,凄凉的,残酷的,难数清。在现代化的岁月里,长寿村这样一个有些土气又有些俗气的名字,作为风景区的招牌,真有些古怪,可以引来大批游客? 疑疑惑惑间,不免心生轻慢,不以为然。

邯郸古城越来越远,繁华的灯光也就越来越远,周围慢慢黑暗下来,陷入无边无沿的沉寂。幸而车灯像一张犁,以锋利的齿将黑暗划开一个深长明亮的洞,隧道般,向前延伸,待车开过,即在车后瞬间闭合,像从来没打开过。

车内有空调,清凉舒爽,把七月的高温隔离在外。车内的气氛却是热烈的,同乘的五六个文人,你方言罢我接口,不是谈论诗文写作,而是谈论当下的热门话题:越来越大的富贫差距;日趋严重的环境污染;肠梗阻一样的交通堵塞;居高不下的房价;工资涨得没物价快;食品添加剂里的致癌物;官场中的黑暗——每个人,都像站在薄冰之上,小心翼翼,稍不慎,就可能跌入冰冷刺骨的深水中,再也上不来。虽然慨叹,却也只能无奈,不管压力有多么巨大,不管是什么样的状况,都得继续生活下去。在这样越来越艰难的生存环境里,长寿,是幸福的事,还是不幸的事? 问题是,在这样恶劣的情境下,怎么可以长寿?

夜深了。

车子进入山区,跟着路向上爬坡、拐弯。偶尔有村庄一掠而过,散落着的几点灯光,星星一样,不真切。车灯划开的洞虽然明亮,却似乎怎么也走不到尽头,像无涯的时间。

某个山坡下,有辆面包车停在路对面,车内的人探出半个身子,使劲冲我们挥手,同时大声喊着什么,似乎需要帮助。我们的车没停下,也没减速,一直开过去。回过头,那车已消失在黑暗中。世上无常的事太多,防人之心不可无,谁知道,那车内会不会隐藏了某种可怕的阴谋? 这个插曲过后,大家继续谈论原先的话题,依旧激烈而热闹,甚至略有愤青的嫌疑。前面领路的车,却毫无预兆地猛然停下来,停在黑压压的群山之中。走错路了! 原路返回,又到面包车停的地方,面包车已不见踪影。突然想,那面包车上的人,努力向我们挥手喊话,是不是提醒我们走错路了? 我们在防人的坏心的时候,是不是,也把人的好心挡在外面?

夜更深了。

一个村子,又一个村子,快速躲到车子后面去,都不是长寿村。开始

疲惫。每个人都想赶快到达长寿村，也好马上洗漱，安然歇息。正焦躁间，车灯光里现出一条险峻的峡谷，谷间最窄处不过十余米，两边崖高不可见。车，就从这峡谷间的路面一穿而过。上坡，拐弯，前面闪出灯火。终于，看见写了长寿村村名的牌子。

车刚停稳，迫不及待下车，只一刹那，便淹没在空灵通透、沁凉如水的乡村空气里。那空气冰镇过一样，携了花草树木的香，汩汩流动，穿透单衣薄衫，穿透肌肤，直入五脏六腑。禁不住打个哆嗦，连说话都带了颤音儿。

以长寿山庄命名的两层楼的宾馆，房间里没有卫生间，更没有洗浴设备，唯一的公共卫生间，在宾馆右侧狭窄隐秘的角落里，唯一的公共洗漱处，在大门内不远处的墙根儿下，露天。最初难免有些失望，接着又马上高兴起来，这才是真正到了乡村啊！真正的乡村，就应该有别于城市，朴素，原始，贴近大自然。

自来水，不是普通的自来水，是从长寿村名泉长寿泉引来的。管道却极普通，装了几个极普通的水龙头，打开水龙头，水便流到极普通的水泥池子里。水的温度比空气的还低，捧在手里，不见有物，但觉透骨冰凉。

在床上躺下，已近午夜。一只后娘鸟不住啼鸣，把谈情说爱的虫儿们婉转的吟哦声盖了下去。夜，越发显得沉静。

无梦到天明。

是被鸟儿的叫声闹醒的。不知有多少种鸟在叫，叫得最响亮的，是喜鹊，叽叽喳喳没个停歇，不知它们哪里来的那么多激情和热情。

起床，出门。迎面撞上冷若冰霜的空气，即刻惊起一身鸡皮疙瘩。太阳正从远处的山尖升起。山尖上有个 U 形缺口，恰似张开了的巨龙嘴，那太阳，也便成了龙珠。火红色的龙珠从龙嘴里缓缓升起，光芒喷射而出，照在被葱郁的树木笼罩的连绵群山身上，万叶滴翠，霞彩荡漾。照在被葱郁的群山环绕的长寿村身上，石屋烂漫，院院生辉。也照在被这样宁静的、又是万分喧闹的乡村景象惊呆了的我的身上，双目灿然，满心赞叹。昨夜的轻慢，早已抛到云霄外。

不知何处传来呼喝声，这边喊，那边应，回声悠扬，是有人在吐秽纳净，涤荡心灵。也出去走一走。沿水泥村路下坡，向着太阳升起的地方。昨夜来时，一切都在黑暗中，现在才见清晰模样。树高而直，叶片密集，深深浅浅的绿，挨挨挤挤，在山野间涌着波涛，连舒缓的风，还有人的呼吸，也仿佛带了绿的颜色。整个长寿村，置身于这样的清幽里，像个阅尽沧桑、洞穿世事的智者。路上有车来往，也有行人来往，有游客，也有村民。游客和村民区别明显，游客身上写着的悠闲，带了匆忙中突然歇下来的痕迹，而村民身上的悠闲，却是与生俱来，不带半点瑕疵。村民们喜欢戏曲或歌曲，有的大声唱，有的小声哼，不唱也不哼的，手里拿着小收音机，边走边听。路边的田地里，庄稼和蔬菜正长得旺盛。一个绿围翠绕，生机勃勃，宁静悠然的小山村！

终见峡谷真面目，两边崖面接近九十度，需用力仰视，才见百米高的崖顶。崖石层层叠叠，险极陡极，少生植被，不可攀。谷口外的巨石上，刻了红色大字"通天峡"。旁边的《通天峡记》里说，当年刘伯承将军带领八路军一二九师转战太行山区，穿此峡，经十八盘，翻摩天岭，突破日军九路合围，又分进合击打败敌寇，一举收复晋东南，巩固了太行山。因此得名。

资深游者说，长寿村被连绵的群山环绕，只有通天峡这一个进出口。从《易经》的角度看，围住长寿村的山，恰巧是青龙、白虎、朱雀、玄武。山上有两百多种草药，各种草药的能量融于雨水或雪水，经千余年渗透，以清泉的形式流淌出来，那水，便有了预防疾病、延年益寿的保健功效。山上树深草茂，可以释放出大量负离子，即使是冬天，空气也是清澈纯净的。长寿村有如此的好山、好水、好空气，再加上村民们勤于劳作，筋骨强壮，日常吃穿简单朴素，心态清静平和，所以，他们不得绝症，世代长寿，不

论男女,七十岁之前过世的几乎没有,大都是九十岁以上,一百多岁的也很常见。

那么,是谁喊的芝麻开门?喊开通天峡这道神秘大门,为后人找到长寿村这样一个桃花源式的人间仙境?

站在通天峡口,绿色的风从身上抚过,如流淌千年的长寿泉水,滤去满心的世俗浮躁与市井幽怨,整个人,都仿佛清澈纯净起来。虽然只是匆匆过客,我还是有两天时间,可以和长寿村亲密接触,在她绿围翠绕的怀抱里,开悟,自省,换一种清新自然的方式解读人生。多么好!

如此这般,穿过黑夜,走过黎明,眼前现出的长寿村,正恰似柳暗花明。

就让遗址只是遗址

猝不及防地,就看见身穿古代戎装的年轻武士,手执长枪分列在路两旁,在毒花花的太阳光下,像松树一样挺直静立,威风凛凛。待想仔细看清他们的面容时,车已开过去,即便回转头,也看不见了。心神还没从武士身上拉回来,又迎面撞上几个一身玄衣的小伙子练中国功夫,身手敏捷,闪展腾挪间呼喝有声。与他们隔路相对的,是一群衣着鲜艳在跳舞的古装少女,宽大的裙摆随轻盈欢快的舞姿张开来,像蝴蝶翩跹的翅膀。目光还在蝴蝶翅膀上流连,猛然间一束火焰喷来,吓得我惊叫一声赶紧往后躲。原来,是有人当街打把式卖艺。还没从火焰的惊吓中缓过劲儿,一个算命装扮的人又出现了,他一手执太极旗,一手执算命板,大声吆喝着招徕顾客。一对小夫妻,身穿粗麻布衣裳,在算命人对面的街边摆摊儿,摊位是辆老式木质手推车,车上放着麻袋。听他们吆喝的内容,知道里面装的是上好的淹城大米……

花样繁多又内含深刻的铜雕大门渐渐远去,车边闪过绿树掩映的逼真巨型假山石、粗壮的假枯木、仿古的楼台、寓言故事雕像、喧闹的市井百态。我突然万分兴奋和激动起来,像时下流行并滥演的穿越剧里的情节一样,一闪念间,便从现代回到古代,左顾右盼,涌起君临天下的万丈豪情。几千年前的淹王,是不是也曾这样经过街市?当然他乘坐的是豪华马车或花轿,有前呼后拥的仪仗队相随。他透过窗户向外看,见自己的人民用这样五花八门的丰富方式过日子,一派天下太平的繁荣景象,挥手致意间,该会生出得意扬扬的成就感吧!还是在他经过的时候,会先派卫兵清理街道,层层戒严,根本不看百姓一眼,不管百姓疾苦与死活?明君与昏君的最大区别,恐怕也就在此。

我正这样暗自猜度想象,车突然停下来。才发现,孔子他老人家以二十几米的高度端立在假山石间,假山石上雕刻的图案和文字,记录了他的生平经历。午后强烈的太阳光照在人身上,像撒了辣椒面儿,刺喇喇的难受。我仰头,眯眼看孔子。见老先生面目和善慈祥,又充满智慧,双手合礼于长须前,宽袖大袍,头顶是碧蓝的天空,不见一丝云彩。他脚下,是讲学的场地,他的学生们席地而坐,手执竹简,仔细聆听他讲学。讲学的孔子是现代化智能型,谁要是愿意,可以当面向他老人家讨教。我倒是很想问问,这淹城真是春秋时期建造的?还是沿用了夏朝就建好的现有城池?他老人家什么时候来过淹城?对当时的淹城有什么印象和看法?几千年来,淹城经历了什么样沧海桑田的变化?上演了多少回悲欢离合?我鼓了很多次勇气,最终还是放弃了。因为,我拿不准这些问题在不在他的回答范围之内,若他万一不回答,我会尴尬、失望、失落。再说,万一他

回答不出来，也有毁他几千年圣人的光辉形象。

　　车子又开动，在诸子百家园中前进。谁要是想了解最能代表"百家争鸣"的春秋十二家的细节，可真要在这里多逗留些时间。不能这样走马观花，要慢慢行走，在每一家都仔细观察、深刻体会，才能熟悉他们的生平事迹、历史典故、学术思想，知道他们对中华文明及世界文化产生的深远影响。这十二家，巧妙地布置在群峰林立中，相互连接又各自独立，其间溪水淙淙，绿树掩映，曲径通幽，意境深远。车子路过的时候，我看见有很多人，在这平地上建起的几十米高的沟壑间出出进进，微笑的，严肃的，面无表情的，冷热酸甜，各得其所。

　　喜欢随后而至的仿古街道。房屋都是木质结构，一层或二层，有简洁的深咖啡色雕花墙饰和窗户，曲线流畅的黑瓦，粗木纹的黑褐色廊柱。街两边，相隔不远，就有一串高高悬挂的褪了色的圆柱形粉色云纹灯笼。几座石质的雕琢精美的牌坊依次立在街当中。整条街的色调深沉而妥帖，看起来像是浸透了人间烟火，裹了一层厚厚的时光包浆，就像它已经在这里存在了几千年，让人心生宁静与安详。三三两两的人在街上行走，有穿古装的，也有穿现代装的，一时间很难判断，到底是现代人穿越到了古代，还是古代人穿越到了现代。

　　看见那些庄严肃穆的宫殿，实实在在惊叹了一番。不管是宫殿的房顶、墙壁、柱子，或是任何犄角旮旯，都布满极度繁复错杂的装饰纹或雕塑，暗沉沉的古青铜色，看起来金碧辉煌，华丽气派，待走近，特别是走进宫殿内部，虽然有明亮温暖的灯光，还是有一种冰冷压抑的感觉，喘不过气。仿佛看见一幕幕钩心斗角的闹剧，走马灯一样在天子脚下上演，为江山、权位、金钱、美色，冷酷无情地争个你死我活。在里面演出宫廷舞的少女们，笑靥如花，薄如蝉翼的纱裙和轻盈细腻的舞姿，伴着编钟浑厚悠扬的曲子，梦境一样。她们生活在当下，是多么幸运，想当年，有多少如她们一样的年轻女子，被困在这样铜墙铁壁的牢笼里，或夭折，或终老一生，再也没能回家。

恍惚中，又穿过一条长长的绿藤萝缠绕的走廊，还没闹清是怎么回事，车就驶过一座木质仿古桥，到了淹城腹地。

绿和静，是这里的主题。那绿是扑面而来的，即便数晕了头脑，也闹不清其中有多少种树的叶子。它们的绿带着春夏之交的新鲜稚嫩，在路两边闪烁，好闻的气息融化在空气里，清凉温润，直淌入肺腑，让人精神一振，突然间就心明眼亮起来。静，是鸟儿的鸣叫声衬托出来的，不知道有多少只鸟儿，谁也看不见它们躲在哪些叶子下，只能听见它们的叫声，唧唧复唧唧，啾啾复啾啾，这个没唱罢那个又登场，曲折婉转没个停歇。它们是在争论淹城的建造者到底是谁？还是在重现古时各国之间纷乱的闹剧和战争场景？当然，也许它们根本不理睬这些陈年旧事，只是在说些家长里短的琐碎闲话？可惜，我听不懂它们的语言，便只陶醉于这绿和鸟鸣营造出来的轻松美好的氛围里，面带微笑，惬意于心。

等看见那三座盖满杂树野草的荒凉土堆，心又一下子沉重起来，不知怎么排遣突然生出的冷意与忧伤。都说红颜多薄命，容貌绝代、聪慧伶俐又多才多艺的淹城公主百灵，生在那样混乱多战的年代，自然也没能逃脱这样的宿命。那发誓要与她相亲相爱携手共白头的留城王子，只不过是为了通过她拿到淹城的护国之宝白玉龟，一旦东西到手便弃她而去。百灵的香消玉殒，一说是留城王子所杀，然后淹王厚葬，为迷惑盗墓者修了三座坟墓。一说是不明真相的淹王一怒之下所杀，且分尸三段，也就有了如今被称为头墩、肚墩、脚墩的坟墓。这两种死法都让人心生疼痛与悲凉，如果选择，我更愿意相信前者，一个女子，被爱情欺骗已经伤透了心，就不要再让她失去亲情了吧。

不太喜欢子城河上那座仿古的黑色九曲桥，尽管它看起来和河面上崭新碧绿的荷叶很相配，雎鸠这个词作为它的名字也很别致，但因为据说百灵公主就是在这里和留城王子一见钟情，才导致了最终的悲剧，我对它

有了成见。倒是很喜欢从雎鸠通往子城的那条黄花小径。那些花儿应该属于菊科，开得稠密而热烈，就像它们吸食了大量的阳光后又释放出来一样，明亮而灿烂，把我之前郁闷的心都照得开朗了。

子城是淹城的中心，淹君殿原本在此，是他处理朝政和生活的地方，如今荒凉一片，除了坍塌了的古城墙和那口竹木古井，别的什么也没有，没有旧宫殿的残垣断壁，也没有重建宫殿的金碧辉煌。我低头，在荒草间慢慢行走。想象当年留城王子带兵用火攻破了淹城，淹王命丧城河底，留城王子也于混战中丢了性命，这恐怕是对他们不得民心的统治方式的惩罚，一个朝代就此覆灭。"淹"字在古代是长久吉祥的意思，建造淹城并为它起名字的人远去了，它却长久地存在下来。转眼几千年过去，一代又一代人在此繁衍生息，保护它，或是破坏它。不管它经历了什么样的沧桑与变迁，它三里之城、七里之郭的形制都不曾改变，是古代城市文明的活化石，是现代园林的始祖。

一路而来，三河三城里都没见着大型新修的复古建筑，有的只是画龙点睛一样的零星景致，掩映在绿树丛中，恰到好处地讲述与它们本身相配的传说故事，瑶岭钟声、孙武草堂、龙泉之水、石雕白玉龟、从河底出土的独木舟、青铜器……每一个景致都让人浮想联翩，欢喜，忧郁，或悲伤。突然意识到，之前看到的春秋乐园，古街，宫殿，还有那些现代化的游乐设施，都在淹城遗址之外。这样的规划真是万分明智，令人印象深刻并心生欢喜。就让仿古的新淹城保持春秋时期的热闹与繁华，就让原本的旧淹城保持历尽沧桑后的清幽与宁静。时光不能倒流，历史不能重复，遗址，只是遗址，每个人都可以在这个废墟上徘徊流连、想象、感怀、嗟叹。多少个人来，就装走多少个淹城的模样。

喧嚣里的隐者承天寺

承天寺的山门，站在泉州繁华的南俊街一隅，如身着宽袖长衫的古人，从遥远的历史深处姗姗而来。

进入山门，便进入一个宁静安详的世界，凡尘里的灯红酒绿、车水马龙、人声喧哗一下子被抛得无影无踪。眼前是幽长的甬道，脚下是平整坚硬的石板路，落满古榕斑驳的树影和珍珠般的果子。七座佛塔站立在榕树间，古老而庄重。塔旁白墙上，弘一大师手书的苍劲有力的"南无阿弥陀佛"六个大字，是蓝天和海的颜色，像佛宽广的胸怀。隔墙是晋光小学，学生的琅琅读书声和着悠扬婉转的梵音，是天籁。

甬道尽头右面的黄皮墙上，题着凹雕的"泉南佛国"四个字，字体俊秀飘逸，与墙前的榕树盆景字景交融，相映成趣，让人感受到寺院的源远流长和不屈的生命力。字的对面是天王殿，大门上方的"古刹重光"四字饱满厚重，盈满佛的气息。殿内高悬的竖形"赦封月台承天禅寺"牌匾，镶着烫金的龙形边纹，颇具皇家气势。穿殿而过，依然是石板路，路两边的草碧绿平整，散布着细碎的野花。有芒果树与陀罗尼经幢相对而立。两座石砌的高出地面的小莲池，分列在弥勒佛所在的弥勒殿前，在夏日开出雪白的莲花，伴着弥勒佛开怀的笑容，随风摇曳。钟鼓楼相伴在弥勒殿左右，有古榕繁茂，修竹窈窕，茶花飘香。

过弥勒殿，是大雄宝殿所在的院落。一座小桥飞架在放生池上，池边

是两座飞来石塔。院两边有长长的庑廊,庑廊内的墙壁上,有形态不一、栩栩如生的佛教人物浮雕,似乎一抬脚就能走下来,向人传经布道。一尾一米多长,雕工和色彩古朴拙雅的木鱼,悬在右边的庑廊尽头。每当木鱼声声响起,那顿拙的声音,穿过院内两株苍劲青翠的古榕树的枝叶,穿过高高的陀罗尼经幢,穿过古老的铜香炉,直渗入人的心扉,让人感叹时光的悠然与匆促——往昔不再,将来是未知数,只有眼前,才是最该珍惜的。题着"闽南甲刹"的宝殿内,弥尊三宝盘腿而坐,朗眉舒展,阔目微垂,高大庄严,却丝毫不给人高高在上的压力。络绎不绝的香客,燃起香炷,举过头顶,虔诚叩拜,细诉心愿,轻声祷告。功名灯在烟雾缭绕中缓缓旋转,佛光、罗汉、观音、香火、烟雾、灯盏、梵音,形成一个令人心静如水的氛围,让人一时间杂念全无,身轻如燕,超凡脱俗。

走过大雄宝殿,走过圣人释迦牟尼所在的漉堂,向右转,经僧舍,是五代节度使留从效的南园故址。这里池水荡漾,亭台凌波,廊桥曲折,杨柳依依。有学生随意而坐,捧书而读。恍惚间,这园里多了几个宽袖长袍的五代人,他们围桌而聚,把酒临风,吟诗作赋,继而谈经论道,说佛讲缘。其中一个官员做出决定,把自家这块南花园献出来建寺院,朋友们都鼓掌称赞,他是在做一件功德无量的好事。他,就是留从效。从此,他的名字便和承天寺紧紧连在一起,千古流芳。承天寺初建于五代后周显得年间(九五四—九五九),名南禅寺,又叫月台寺。不久,泉州太守王延彬和许姓、陈姓族人又捐出部分地皮扩充寺宇。一千多年来,承天寺兴衰交替,历尽沧桑,寺名几经更改。其规模仅次于开元寺,是泉州三大寺之一。近年来,台、港、澳同胞及海外华人居士、僧人,纷纷前来承天寺进香,由善男信女捐助按原规模修葺一新的寺宇,已逐步恢复旧观,香火兴旺。

出南园后门,过会泉长老塔院,便看见弘一大师荼毗处。那静静伫立的白色大理石碑,依青枝,靠翠柏,轻声诉说大师的光辉一生。透过石碑,仿佛看见,弘一大师舍弃凡间的儿女情长和功名利禄,从此粗衣芒鞋,严持戒律,不任寺院住持,不收徒众,沉默寡言,不谈玄说妙,一心为佛教事业奔忙。专心致力续南山律宗千百年之绝学,并躬身实践,树立僧伽模式。被尊称为"南山律宗一代祖师"。

　　大师所为,不为名利,却名扬海内外,正如这隐于喧嚣中的承天寺,无为便是有为,于无声处,度人心无数。

烟雨迷蒙处